H.P.LOVECRAFT'S THE CALL OF CTHULHU

Adaptation and Art Works

by TANABE Gou

"Ph'nglui mglw'nafh Cthulhu R'lyeh wgah'nagl fhtagn"
「長眠的克蘇魯，於拉萊耶宅邸中，候汝入夢。」

(Found Among the Papers of the Late Francis Wayland Thurston, of Boston)

"Of such great powers or beings there may be conceivably a survival...
a survival of a hugely remote period when...
consciousness was manifested, perhaps,
in shapes in forms long since withdrawn before the tide of advancing humanity...
forms of which poetry and legend alone have caught a flying memory
and called them gods, monsters, mythical beings of all sorts and kinds..."

——Algernon Blackwood

（下文節錄自故人弗朗西斯．偉蘭德．瑟斯頓〔Francis Wayland Thurston〕〔生前居住於波士頓〕所遺留的筆記）

在地球上的某處，如今依然潛藏著某種難以想像的巨大力量與形體，
那是自遠古時代延續下來的生命……
其意識曾經清醒，但在人類的文明進步過程中藏匿起了身影，
其姿態只在詩歌及傳說中留下了一絲薄弱的記憶。
祂被稱為神，祂被稱為怪物，祂被稱為各種形形色色的神話生物……

——阿爾傑農．布萊克伍德（Algernon Blackwood）

《克蘇魯的呼喚》（*The Call of Cthulhu*）

1928年刊載於通俗廉價雜誌《詭麗幻譚》（*Weird Tales*）上。不僅是洛夫克拉夫特的代表作，同時更是「克蘇魯神話」的經典之作。從後人稱包含洛夫克拉夫特所有作品在內的龐大虛構神話體系為「克蘇魯神話」這一點，便可知道本作對後人的影響有多大。諸如《蠻王柯南》（*Conan the Barbarian*）的作者勞勃．歐文．霍華（Robert Ervin Howard），以及後世的許多作家，都從這篇作品中獲得了許多靈感。

克蘇魯的呼喚

洛夫克拉夫特傑作集

田邊剛

This graphic novel is based on the story by Howard Phillips "H.P." Lovecraft

Contents

第一章

可怕的黏土板

The Horror in Clay

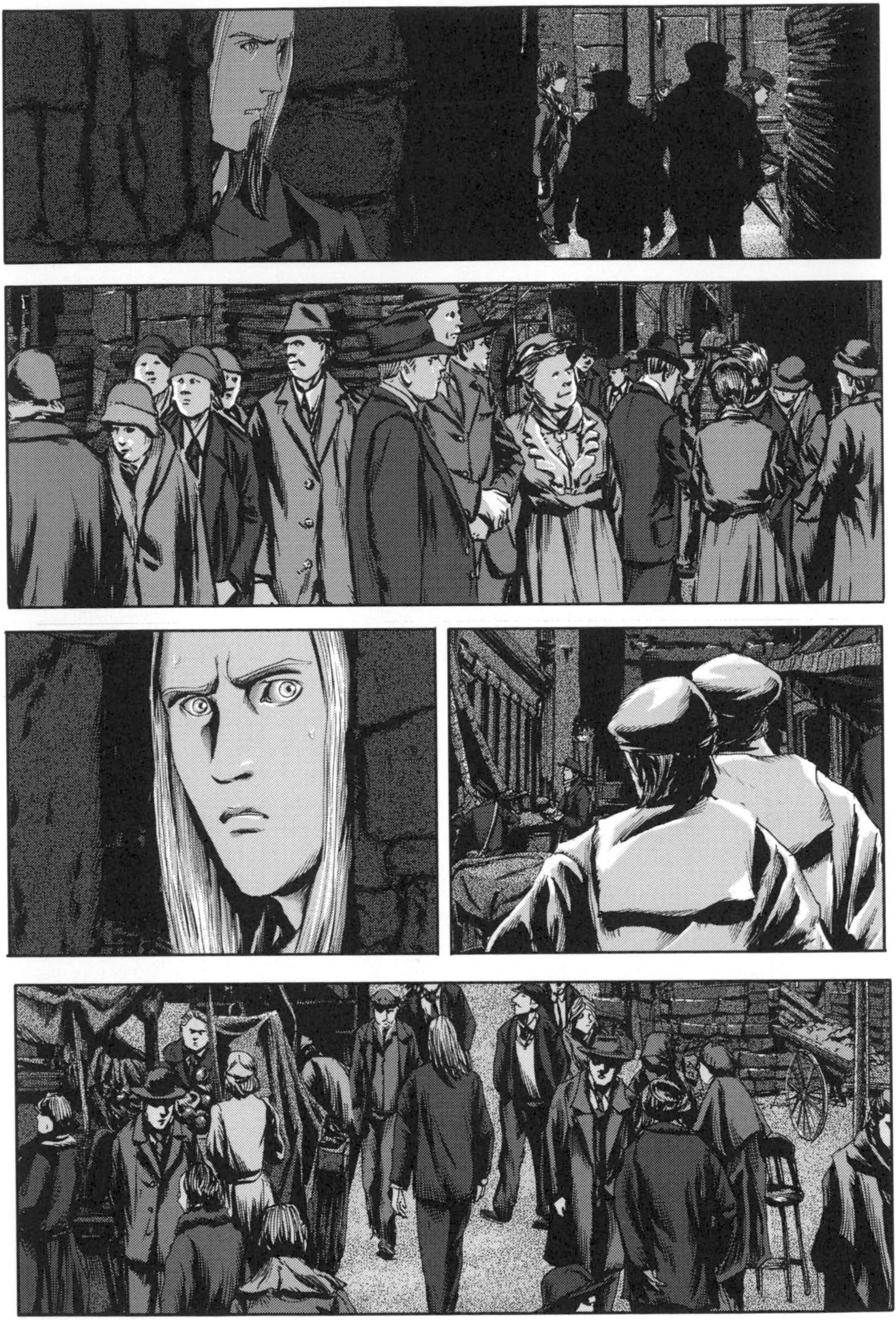

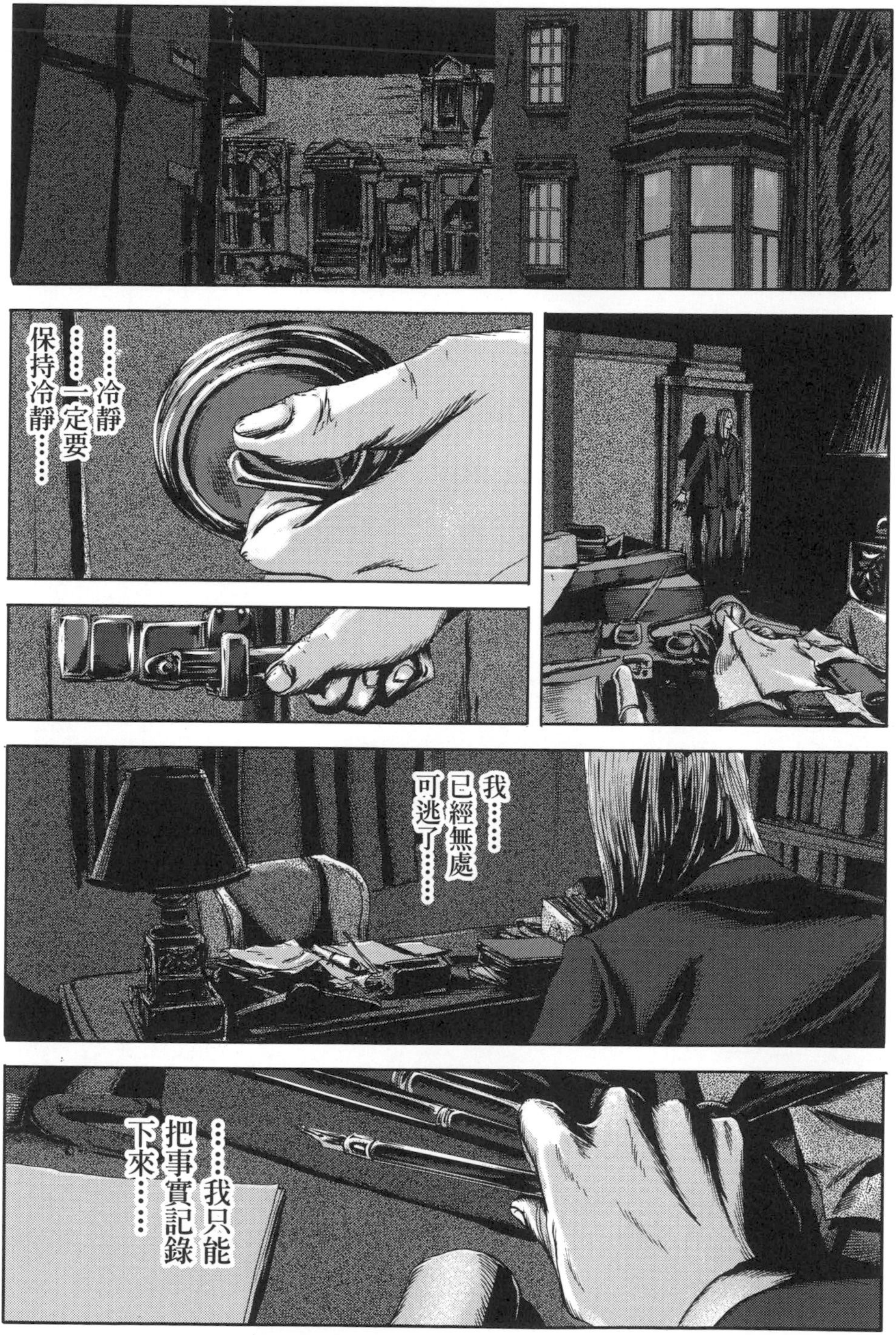
……冷靜
……一定要
保持冷靜……
我……
已經無處
可逃了……
……我只能
把事實記錄
下來……

……我知道了不該知道的事情……
所有人類都不該知道的事情……

在這個地球上……
潛藏著令人難以想像的……
偉大存在……

# of Cthulhu

（克蘇魯的呼喚）

The Call

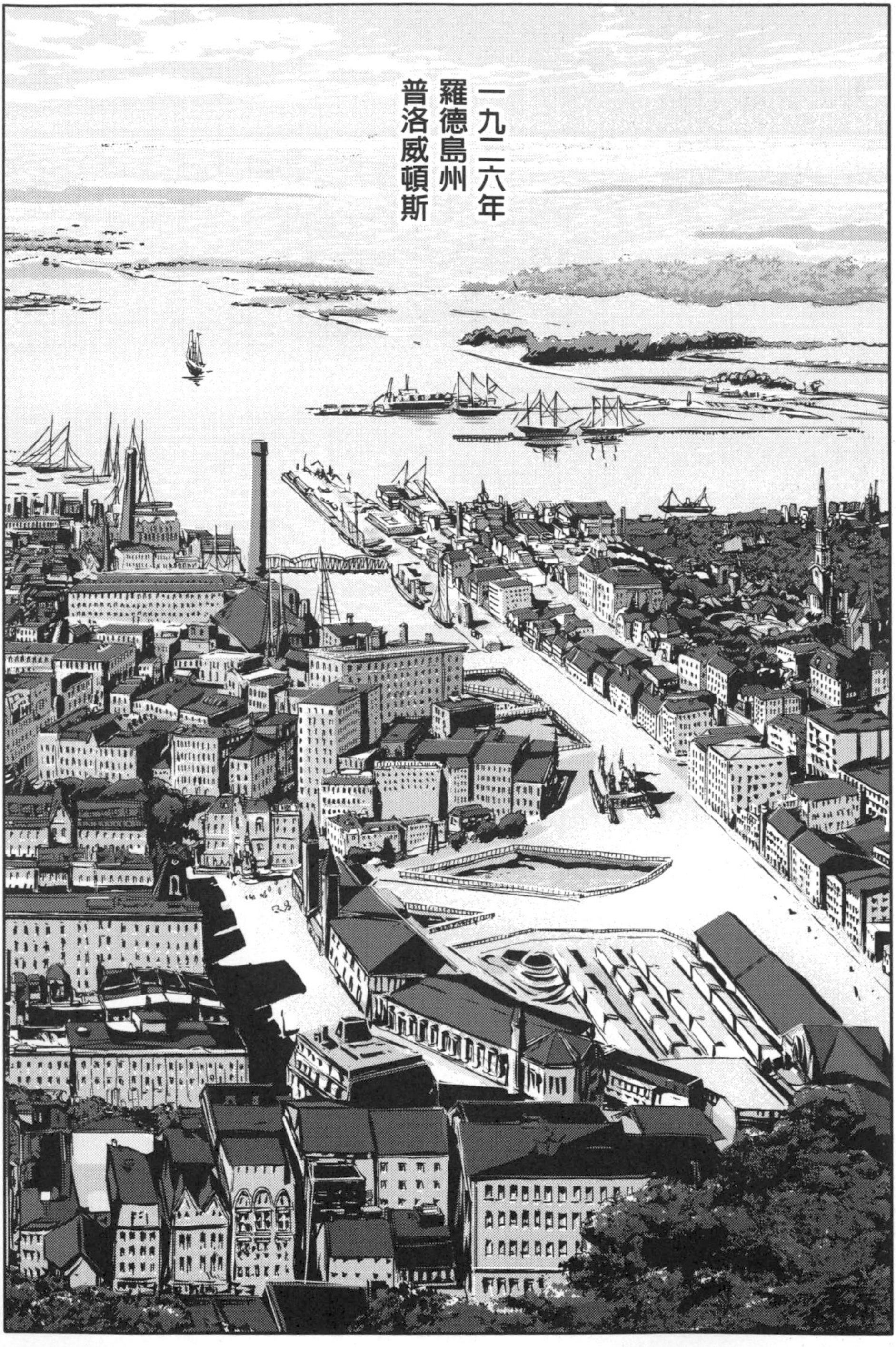
一九二六年
羅德島州
普洛威頓斯

PROVIDENCE
CEMETERY
他在本鎮是家人心中的重要基石，
但我們懷著深刻的悲痛，將他的靈魂送還給神。
即使這對本鎮來說是極大的損失，但孰能無死？
未來我們終將會有再度團聚的一日。

阿們……

George G. Angell
MAY 16 1834
Nov 23 1926

聽說他是在從港邊走回家的路上，跟一名水手撞個正著。
根據醫師的診斷，死因是突發性的心臟病。
九十二歲……
自從他的夫人過世之後，他就一直過著離居生活。
瑟斯頓，你是他的遺囑執行人……
請把遺物全部運到我在波士頓的住處。

這星期之內就會送過去。
你可要好好處理，別毀了故人的名聲。
……我還記得小時候，舅公常興奮地對我說些考古學的事……
或許舅公一直很寂寞吧……
對舅公來說，我是唯一的家人……
……我相信他的人生一定過得很美好，
接下來他會在天堂守護著你。

同年
麻薩諸塞州
波士頓
古代碑文的
研究資料捐給
博物館……
閃語族的
學術書籍捐給
布朗大學……

……？
只有這個盒子上了鎖……
舅公生前確實一直把鑰匙放在外套口袋裡。
LOCK

Times Scribe Views
France Fight From
"No Man's Land"
much obliged & humble

……黏土板的浮雕……？
上頭刻著從來沒見過的文字，難道舅公也做過象形文字的研究……？
看起來像是章魚、龍和人類的合體，眞是古怪的概念……
還有一些筆記本。
Cthulhu cult
……克蘇魯教團？從來沒聽過這種組織。
Cthulhu cult

第一部：一九二五年，關於亨利·安索尼·威爾克斯（居住在羅德島州，普洛威頓斯，托瑪斯街七號）的「夢」與「根據夢境所創作出的美術作品」。
第二部：一九〇八年，於美國考古學協會年度大會上，關於約翰·雷蒙勒格拉斯督察（居住在路易斯安那州，紐奧良，比恩維爾街一二一號）的故事、故事的註解及韋伯教授的見解。
……亨利·安索尼·威爾克斯……
他就是這塊黏土板的製作者嗎？
「夢」與「根據夢境所創作出的美術作品」，
舅公到底在研究什麼……？

一九二五年三月一日
羅德島州普洛威頓斯
安傑爾邸
鏘鏘！
鏘鏘！
久等了……
請問你是哪位？

午安，安傑爾教授。
我想請你解讀這塊黏土板上的文字。
失禮了。
這是我的名片。
Sculptor
H.A.Wilcox
威爾克斯？
亨利·安索尼·威爾克斯……
我聽過你，你是那個大戶人家的公子吧？
在羅德島州的設計學院鑽研雕刻藝術……

請、請你務必看看這塊黏土板！
你冷靜一點，不用這麼心急。
……
這塊黏土板是你自己製作的吧？
黏土還沒有完全乾呢。
……

你在開什麼玩笑？你自己創作的東西，跟考古學有什麼關係？
我……我想知道上頭這些文字的意思！
沒錯，這黏土板是我製作的，但我是在**夢境中**，看著那**詭異的都市**製作出來的！
我在夢裡看見的都市，甚至比巴比倫或獅身人面像更加**古老得多**……！

……你先坐一下。
我聽學生說，你從小就是個神童，而且是個特立獨行的人物，
向來對鬼故事及靈異現象特別感興趣？
……
教授，你還記得不久前發生的地震嗎？
我當然記得，那可是新英格蘭有史以來震度最大的地震……
就在發生地震的隔天，
我作了奇怪的夢。
那天我像平常一樣上床睡覺。
但我一閉上眼睛，
就看見了一個從來沒有看過的詭異巨大都市。

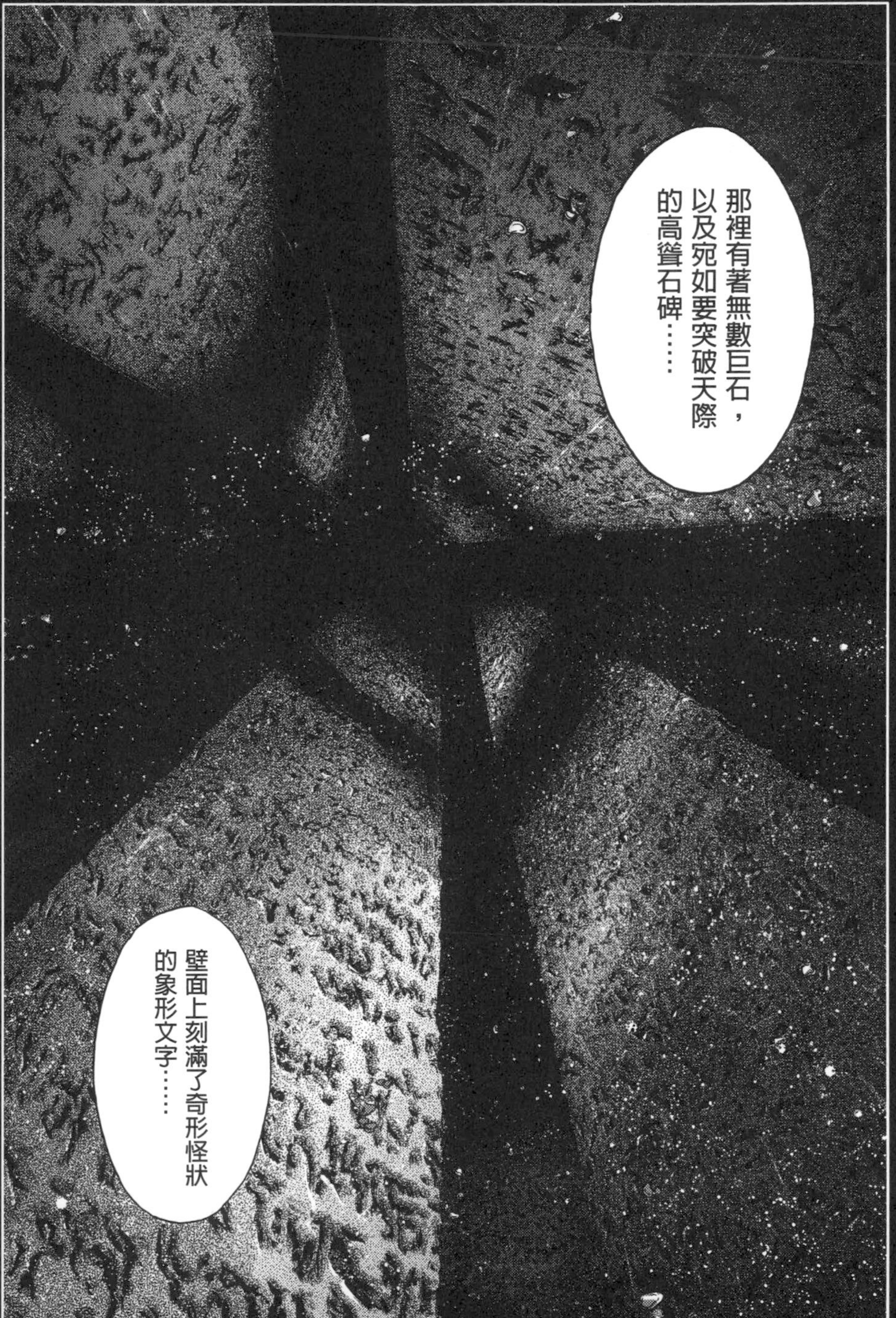
那裡有著無數巨石，以及宛如要突破天際的高聳石碑……
壁面上刻滿了奇形怪狀的象形文字……

所有物體都沾著濕潤的綠色黏液……
地底下不斷傳來難以形容的聲音……
那聲音一直在我的腦海迴盪。

克蘇魯．伏塔根（Cthulhu fhtagn）……

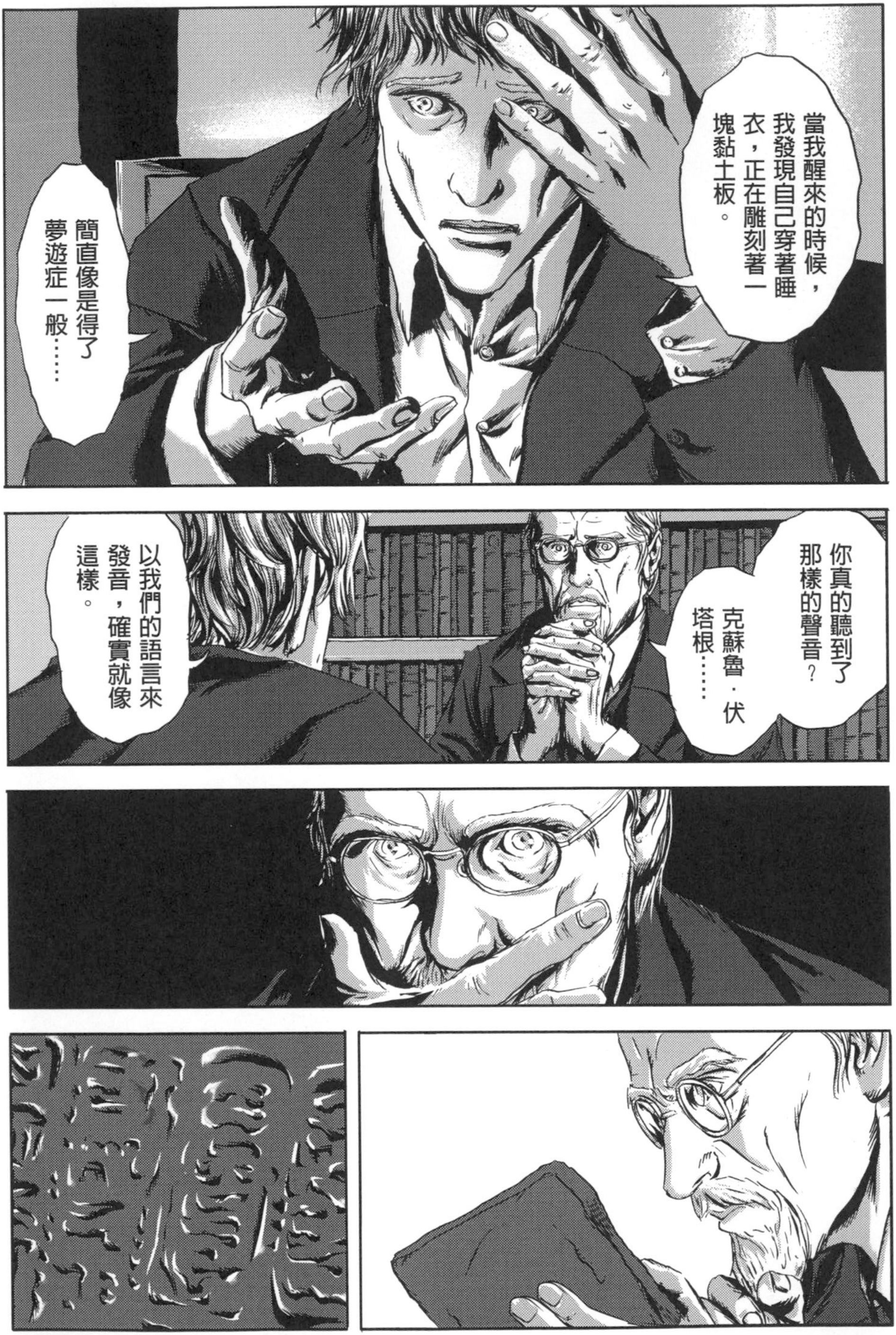
當我醒來的時候，我發現自己穿著睡衣，正在雕刻著一塊黏土板。
簡直像是得了夢遊症一般……
你真的聽到了那樣的聲音？
克蘇魯．伏塔根……
以我們的語言來發音，確實就像這樣。

你該不會是……
克蘇魯教團的信徒吧？
……
克蘇魯教團？
教授，你是不是知道些什麼？
你先回答我的問題。
還是……有人威脅你不准說？
教授，我聽不懂你在說什麼。
唔……算了，忘了我這個問題吧。
總之我會試著解讀這塊黏土板，如果你又作了什麼夢，可以再來找我。
謝謝你，教授。

如果沒記錯的話，
那應該是在考古學協會的年度大會上聽到的。
一八六〇年……格陵蘭某惡魔崇拜儀式的咒語……
芬格魯伊（Ph'nglui）．姆格魯納夫（mglw'nafh）．克蘇魯（Cthulhu）．拉萊耶（R'lyeh）．烏卡夫納古魯（wgah'nagl）．伏塔根（fhtagn）……
克蘇魯．伏塔根……

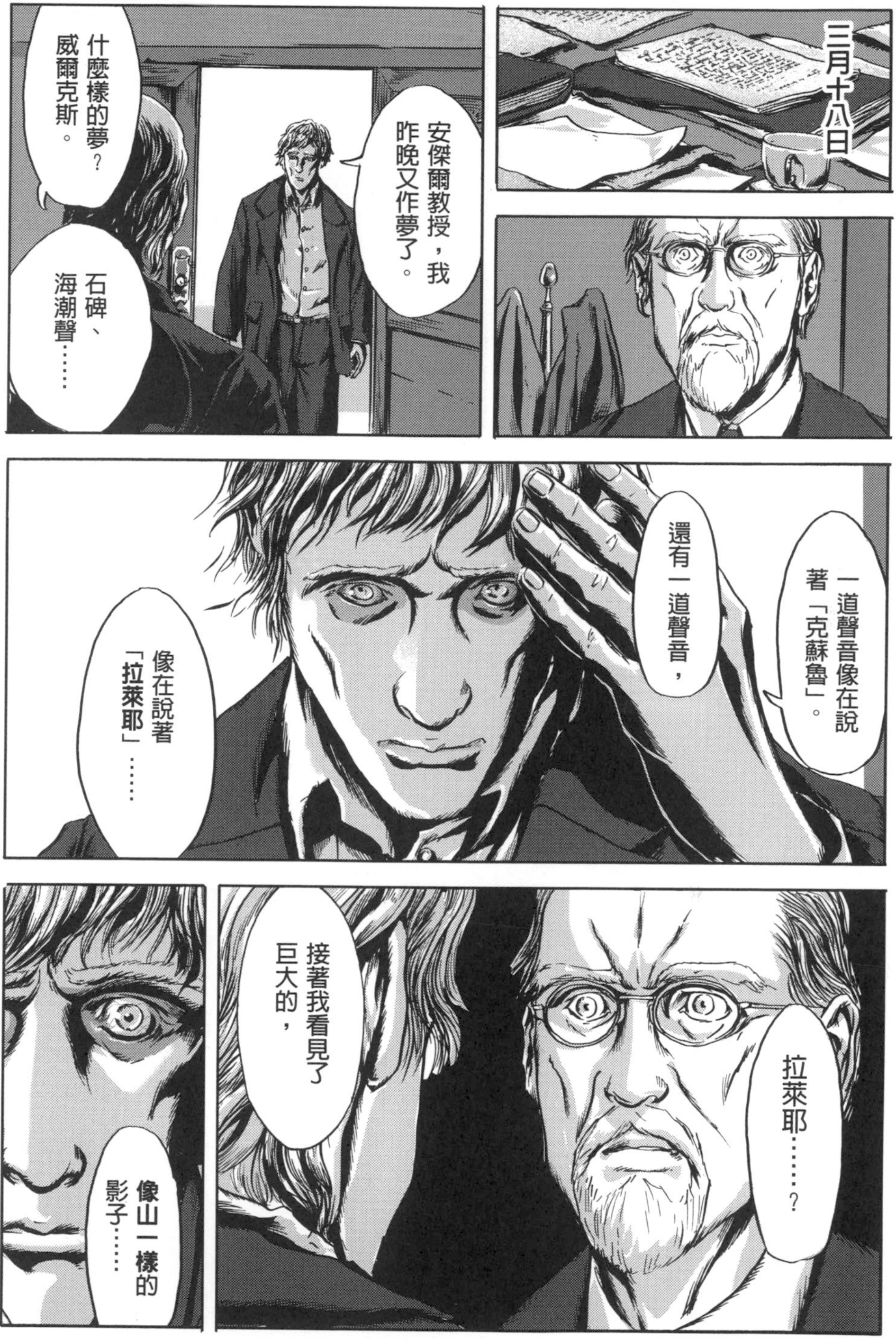
三月十八日
安傑爾教授，我昨晚又作夢了。
什麼樣的夢？威爾克斯。
石碑、海潮聲……
一道聲音像在說著「克蘇魯」。
還有一道聲音，
像在說著「拉萊耶」……
拉萊耶……？
接著我看見了巨大的，
像山一樣的影子……

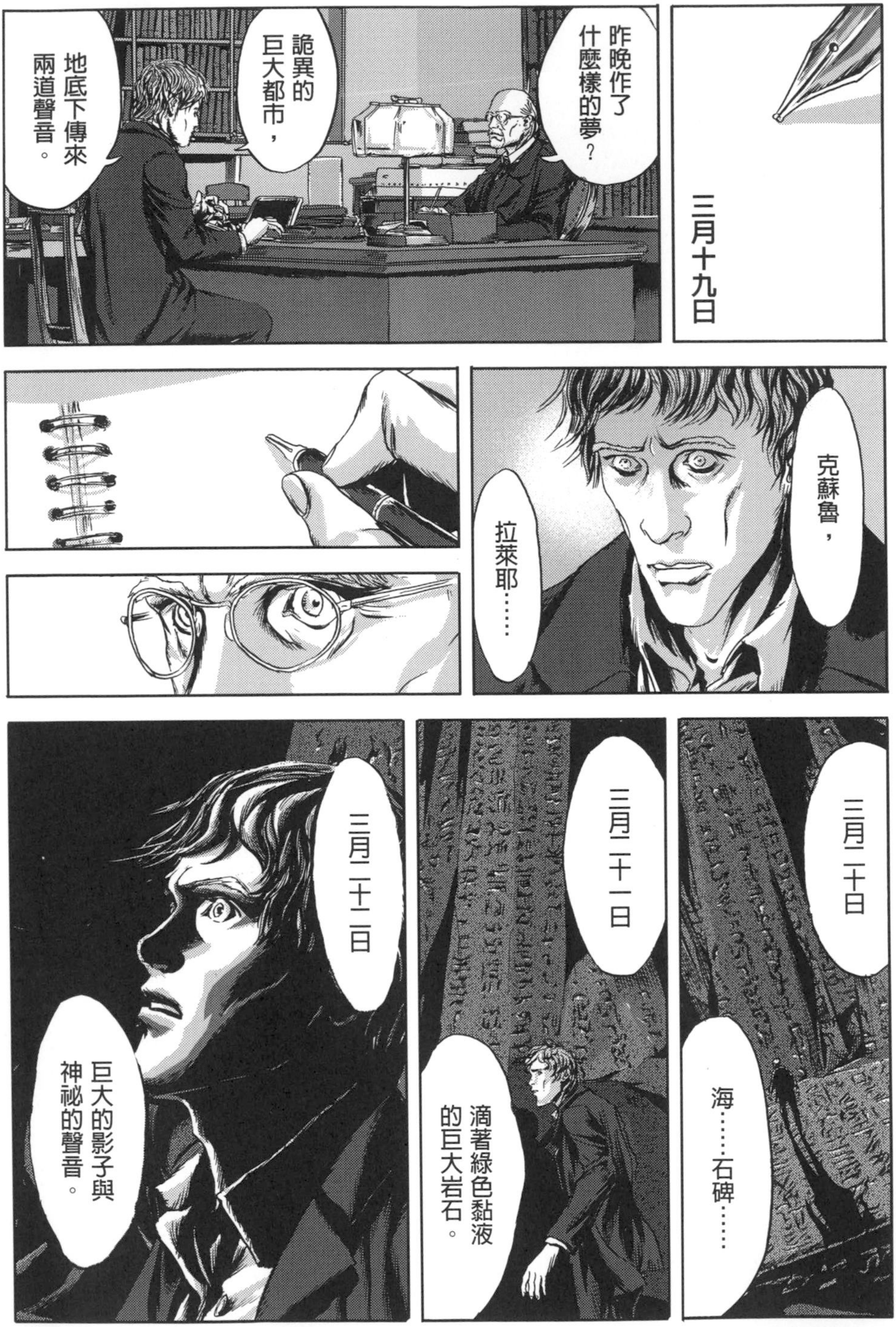
三月十九日
昨晚作了什麼樣的夢？
詭異的巨大都市，
地底下傳來兩道聲音。
克蘇魯，
拉萊耶……
三月二十日
海……石碑……
三月二十一日
滴著綠色黏液的巨大岩石。
三月二十二日
巨大的影子與神祕的聲音。

前陣子他幾乎每天都來，
最近卻完全不來了。
最後一次來的日子是……
三月二十二日。
請問威爾克斯在家嗎？
……噢，是嗎？
請問是哪間醫院？
主治醫師是托比醫師？
……他到底發生了什麼事？

他的公寓室友通知我們，說他在半夜忽然大叫，接著昏迷不醒。
住進我們院內之後，他反覆出現喪失意識與譫妄的症狀。
譫妄？
他似乎會在夢中看見一個……
非常巨大的物體在面前蠕動。
他一定是又夢見黏土板上的怪物了。

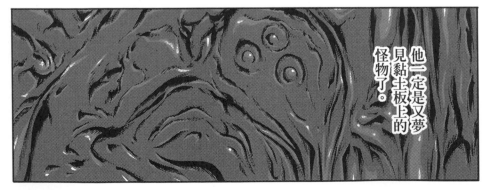

他今天的狀況比較穩定一些。
康復的可能性有多大？
發生譫妄症狀之後總是會發高燒……看起來不像是精神疾病。
目前還查不出病因，只能持續觀察。
克蘇魯……
伏塔根……

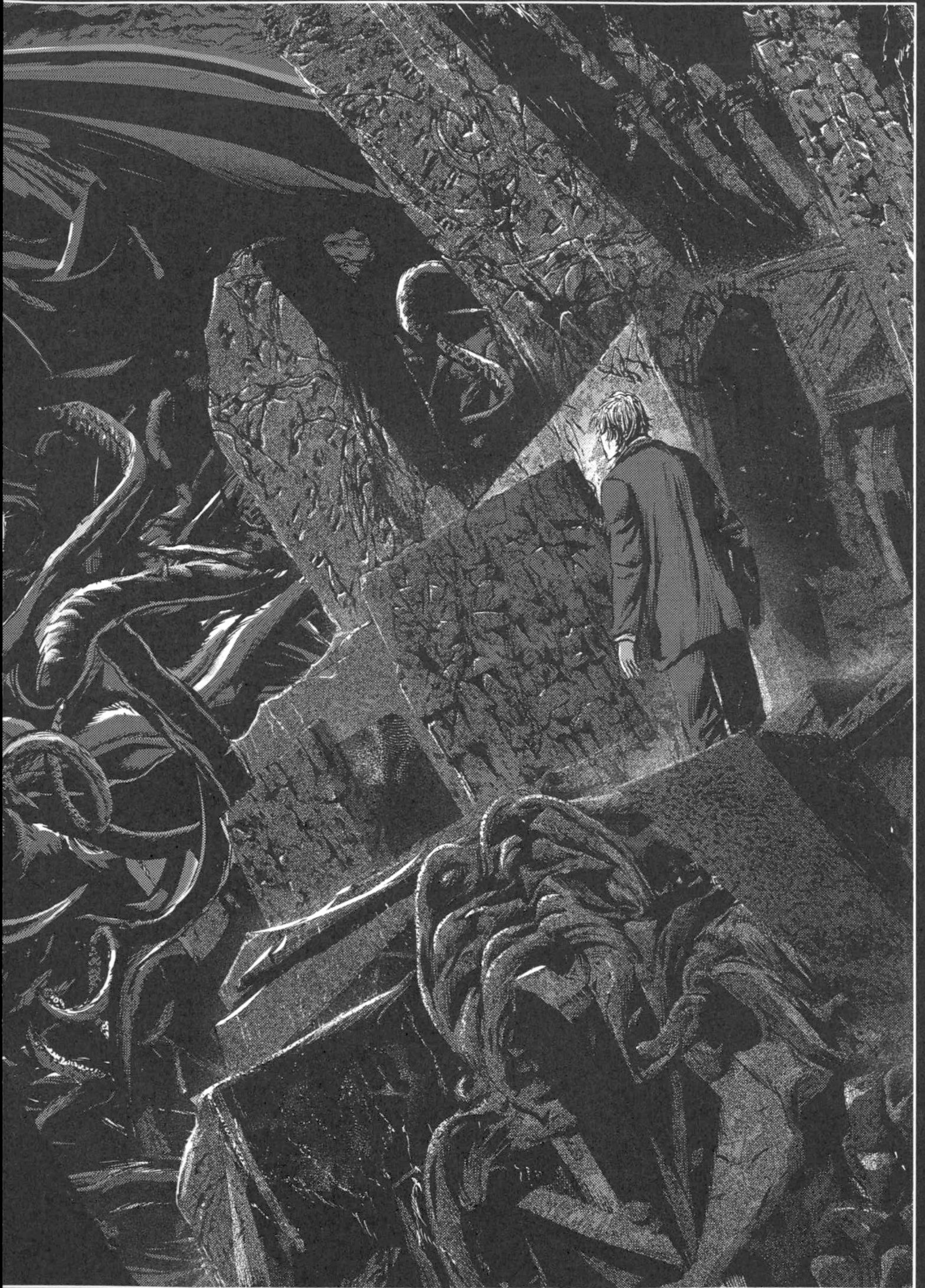

有件事想委託你調查。對，是為了進行研究……
我想請你調查每個人的「夢」，時間是三月一日之後，盡可能網羅各種不同的職業……
調查結果請寄回來給我。

第二章

勒格拉斯督察的故事

The Tale of Inspector Legrasse

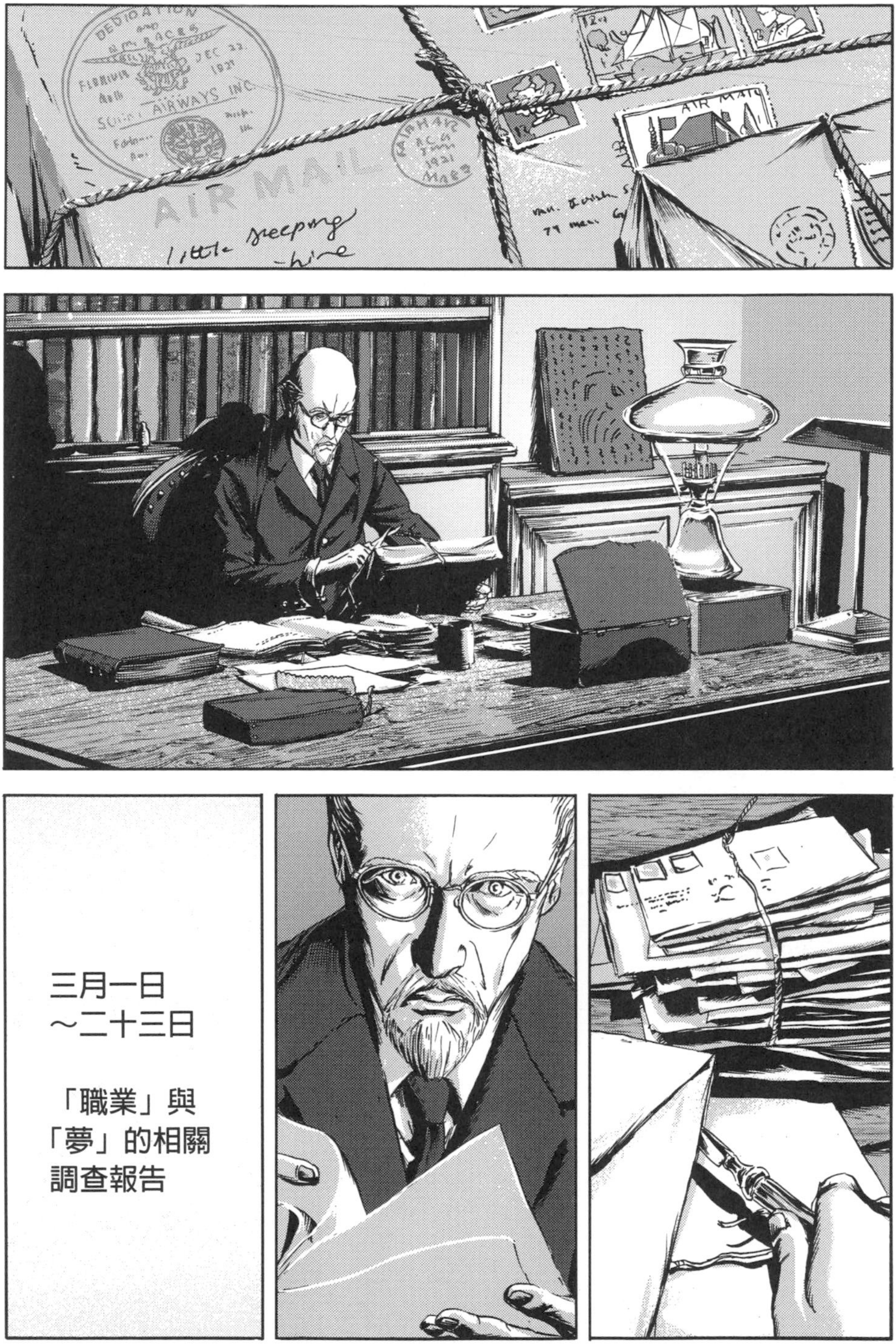
AIR MAIL
三月一日
～二十三日
「職業」與
「夢」的相關
調查報告

科學家——家族旅行
律師——交通事故
廚師——與情人一起用餐
小說家——沾滿黏液的石碑
小說家……
石碑……
數學家——一大群白色的貓
雕刻家——高聳的石柱
音樂家——巨人族的大都市
石柱……
大都市……
畫家——蠕動的巨大影子
詩人——從地底下傳來的兩道聲音
從三月一日之後……
尤其是在威爾克斯陷入譫妄症狀的期間，
有非常多人都作了相當類似的怪夢。

而且全世界發生了許多不尋常的事件……
英國一名當代屈指可數的優秀藝術家忽然發狂，在慘叫聲中跳樓自盡。
巴黎一間精神病院遭焚毀，據傳是狂暴性病患蓄意縱火。
加州一群神智學信徒舉行集會，身穿白衣唱誦神祕咒語。

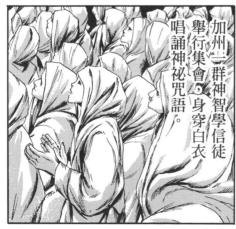

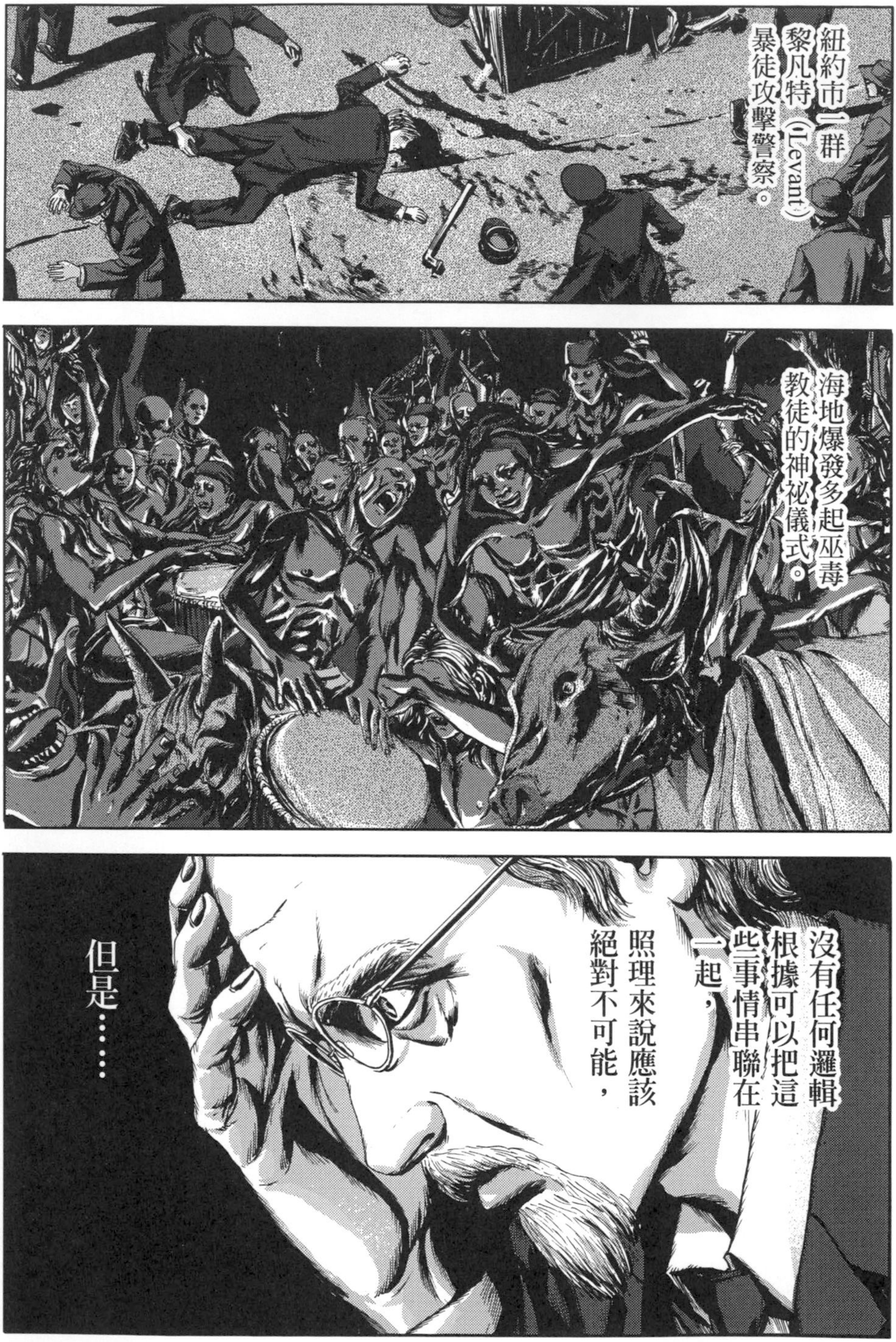
紐約市一群
黎凡特（Levant）
暴徒攻擊警察。
海地爆發多起巫毒
教徒的神祕儀式。
沒有任何邏輯
根據可以把這
些事情串聯在
一起，
照理來說應該
絕對不可能，
但是……

Chicago
SECTION

請問是托比醫師嗎？我是安傑爾……
威爾克斯最近還好嗎？
他出院了？那真是太好了。
請問他現在住在哪裡？
噢，原來如此。
我明白了，謝謝你。
Sculptor.
H.A.Wilcox

托瑪斯街七號
我是安傑爾。抱歉，這麼晚來打擾。
你是布朗大學那位教授？找我有什麼事嗎？
我想知道你作的那些夢，後來有沒有什麼發展？
……什麼夢？
你在說什麼？
抱歉，我現在很忙。
就是害你罹患夢遊症的那些噩夢……
你不是委託我解讀黏土板嗎？
什麼黏土板？
……!?

接下來的一個星期，威爾克斯所告知的夢境內容，都與那噩夢無關。
舅公於是決定不再記錄下去。
舅公……安傑爾教授絕對不是個迷信的人。
但是這些節錄的資料及筆記內容太過天馬行空，實在不像是擁有理智的人會做出的事。
另外這篇是十八年前……
Narrative of Inspector John R. Legrasse,
121 Bienville St., New Orleans, La., at 1908 A. A. S. Mtg.
Notes on Same, & Prof. Webb's Acct.
一九〇八年，於美國考古學協會年度大會上，關於約翰．雷蒙．勒格拉斯督察（居住在路易斯安那州，紐奧良，比恩維爾街一二一號）的故事、故事的註解及韋伯教授的見解。

一九〇八年
密蘇里州
聖路易
美國考古協會
年度大會
這些年來我們一直想要擷取及分析社會內部及多元社會之間的各種效應及機制，
但直到現在我們依然無法確實掌握過去社會大眾心中的想法及心態。
這種研究想要確保可能性及可驗證性實在太過艱難，
因此我相信考古學的研究遲早會偏離傳播主義式的考古學立場，
而且必定會衍生出各種不同的學派。

……本年度的大會就到此告一段落，
期待各位明年的參與。
抱歉，借過。
不好意思，讓我過一下。
安傑爾教授！
能不能耽誤你一點時間？
……？

我叫約翰．雷蒙．勒格拉斯，
是紐奧良的警察。
你好，勒格拉斯督察，有什麼事嗎？
我這裡有樣東西，
想讓你及其他教授學者看看。
……什麼東西？
數個月前，我們在南部的森林地帶取締了一場邪教集會。
當時我們扣押了這樣東西。

這是在那場邪教集會上受到膜拜的雕像。
我們嘗試調查這東西的底細，卻完全無法掌握教派及起源。
這讓你們的偵辦工作陷入了瓶頸？
是的，你說得沒錯。
我們想要搞清楚這玩意到底是什麼。
現在會場上聚集了來自全世界的考古學權威，
相信應該不會讓你失望。
麻煩你們了。

質地是深綠色，帶有金色斑紋。
好像還有一些七彩的線條。
這到底是什麼材質？
似乎不是在地球環境下結晶化的物質。
真是太驚人了……
……這玩意的年代至少有數十個世紀。
上頭好像刻了一些文字……
這些文字與我知道的所有語言都不相同……
我從來沒見過這種象形文字……
……我曾經看過類似的東西。

……失禮了，我是威廉·錢寧·韋伯。
我在普林斯頓大學教授人類學。
沒有錯，我在四十八年前看過類似的東西。
……四十八年前？
是啊，我一輩子也忘不了……
那時候我們一群人正在格陵蘭，尋找著盧恩文字的碑文……

我們在格陵蘭西部沿岸的某處偏鄉，看見了一群形跡可疑的因紐特人。
他們似乎是崇拜惡魔的邪教徒，
正在進行活人獻祭的宗教儀式。
在極光的照耀下，
他們吊起了祭品。
……祭品？
他們圍繞著一尊神像，
大聲唱誦著我從來沒聽過的咒語，
發了狂一般地手舞足蹈……

……咒語？
當時那尊神像與這個雕像，
不論是造型的概念還是材質，
都有著本質上的相似之處。
我們曾經詢問當地的居民，那些因紐特人到底在做什麼？
得到的答案是，那是一種祭拜神祇的儀式。
而且那儀式似乎是從世界誕生之前的遠古時代流傳下來的。
世界誕生之前？
我們逮捕的那些人，在邪教集會上也重複唱著一段咒語。
那些因紐特人所唱誦的咒語，
如果硬要以我們的語言來發音，是這樣的……

Ph'nglui mglw'nafh Cthulhu
R'lyeh wgah'nagl fhtagn.
芬格魯伊．姆格魯納夫．克蘇魯．拉萊耶．烏卡夫納古魯．伏塔根……
Ph'nglui mglw'
nafh Cthulhu R'lyeh
wgah'nagl fhtagn
完全相同……
看來這兩個集團有著相同的教義，但這段咒語到底是什麼意思？
我逮捕的那些邪教徒之中，有個人明白這段咒語的意義。
根據他的說法，這段咒語的意思是……

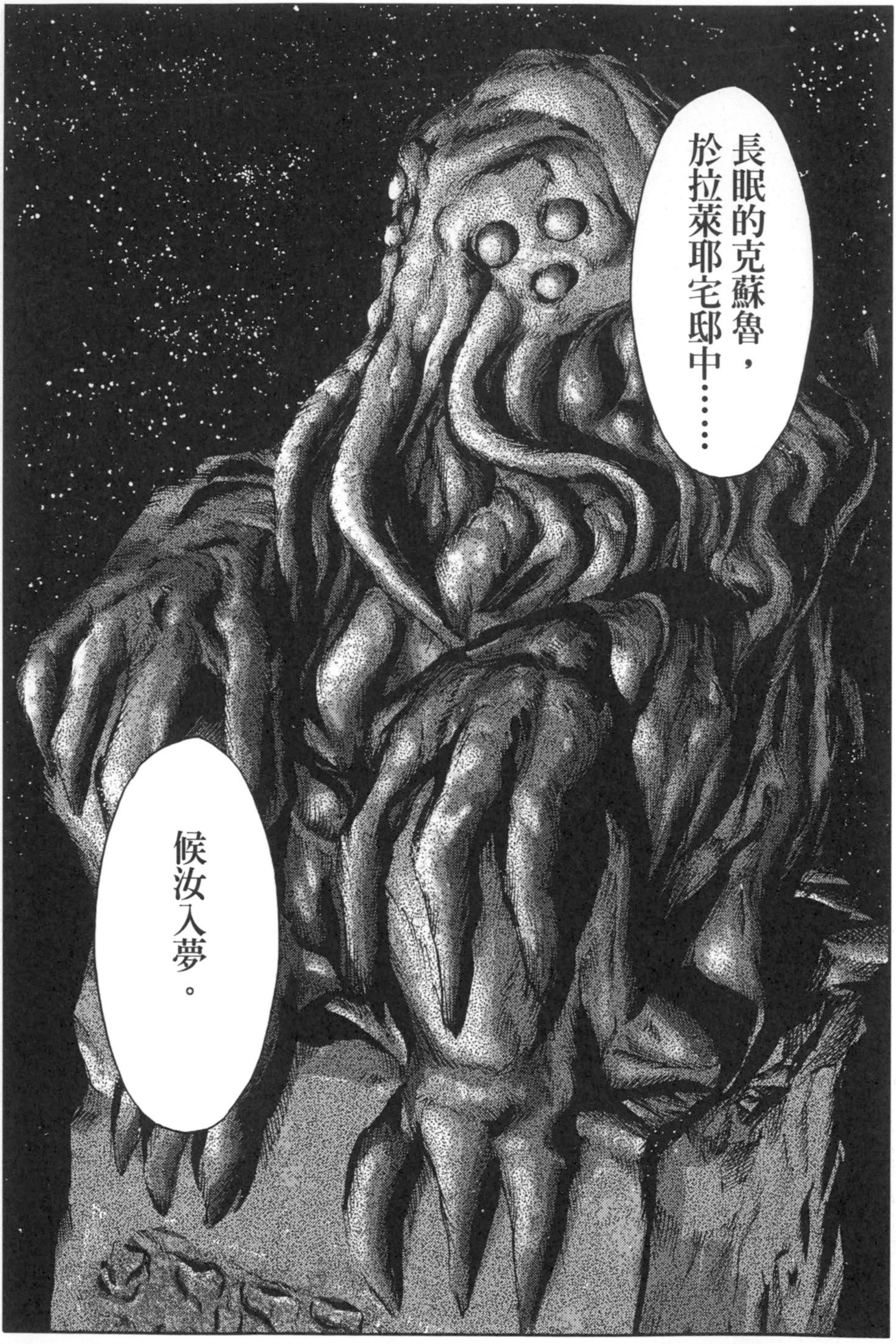
長眠的克蘇魯，
於拉萊耶宅邸中……
候汝入夢。

克蘇魯……？拉萊耶……？
那到底是什麼樣的信仰？
能不能請你說明那起案子的細節？
這個嘛……我擔心會牴觸保密義務，
不過既然是為了調查案情所需，那也沒辦法。
好，我就告訴各位那起案子的來龍去脈。
去年十一月一日，有個奇怪的女人跑到警察局求救……

一九〇七年
十一月一日
路易斯安那州
紐奧良
請你們
幫幫我！
我的家人被
擄走了！
請妳冷靜一點。
妳應該先提出
搜索申請。
已經死了好
幾個人了！
有一群古怪的
人，聚集在沼
澤的深處，
我聽見了可怕的
鼓聲及尖叫聲，
看見了熊熊燃燒
的火焰！

可能是邪教團體以活人獻祭……
會不會是巫毒教幹的好事？
我不知道……那些人都是搭船來的！
村民都很害怕，什麼也不敢做！
再這樣下去，他們都會被殺死！
快救救我的家人！
地點在哪裡？
南部的沼澤地帶，
那裡有一個聚落。
勒格拉斯督察！難道你相信這種荒唐的言論？
所有人上車！我們到現場去看一看！

路易斯安那州
南部
沼澤地帶
聽說在森林深
處的沼澤地，
有一座肉眼看不
見的湖。
那裡棲息著一隻白
色的水蝇狀怪物，
眼睛會發出光芒。
每到夜晚，就會
有擁有蝙蝠翅膀
的惡鬼從洞窟裡
飛出來，對著水
中的怪物祈禱。

這是這一帶流傳的古老傳說？
是的。
在人類和動物還沒有出現的遠古時代，這裡就已經存在著**某些東西**。
那只是迷信而已。
聽說任何人看見那水中的怪物都會死去，
所以沒有人敢靠近那一帶，當然也沒有人親眼目睹過。
但那怪物會出現在我們的**夢中**，令我們心生恐懼。
……

這裡就是你們的聚落嗎？
請你們幫幫我們的家人。
他們連孩童也不放過！
他們又要殺人了！
就在那邊，你們應該聽得見鼓聲吧？

啊啊啊啊……
我們立刻出發！
請一位村民幫我們帶路！
怎麼了？快帶我們到現場去！
算了，我們自己找路！
只要沿著聲音前進就行了。

鼓聲越來越響亮……
鼕！鼕！
鼕鼕！
鼕鼕鼕！

克蘇魯！
伏塔根！
住手！拜託你們不要殺我！
把燈光全部關掉……
啊啊啊啊！

鏊鏊！
鏊鏊！

真是一群瘋子……
勒格拉斯督察，我們可能沒有勝算……

克蘇魯·伏塔根！

克蘇魯．伏塔根！

掏出你們的槍！我允許你們自由開槍！
嗯！
保持理智！
可……可是……
我們必須盡警察的義務！
所有人跟著我衝！

第三章

克蘇魯教團

Cthulhu Cult

芬格魯伊！
姆格魯納夫！
克蘇魯·拉萊耶！
烏卡夫納古魯！
伏塔根！

眼睛……有眼睛！
眼睛……？
在森林的深處，有六隻發光的眼睛!!
不要胡言亂語！
砰！

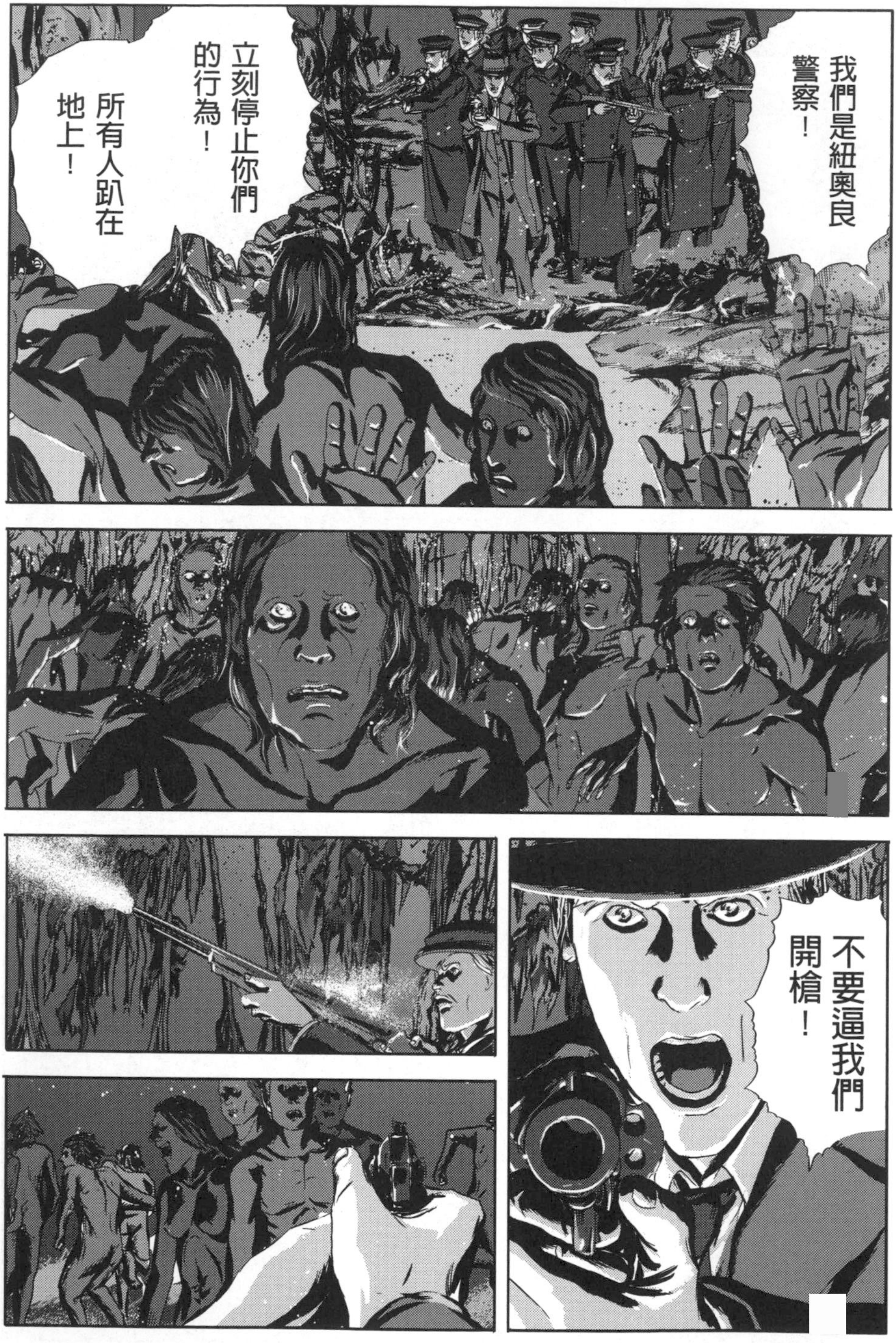
我們是紐奧良
警察！
立刻停止你們
的行為！
所有人趴在
地上！
不要逼我們
開槍！

不准動！
住手！
克蘇魯．伏塔根！

咚！
別想逃！
全部抓起來！
！

站……
站住！

別做無謂的抵抗！
噹！

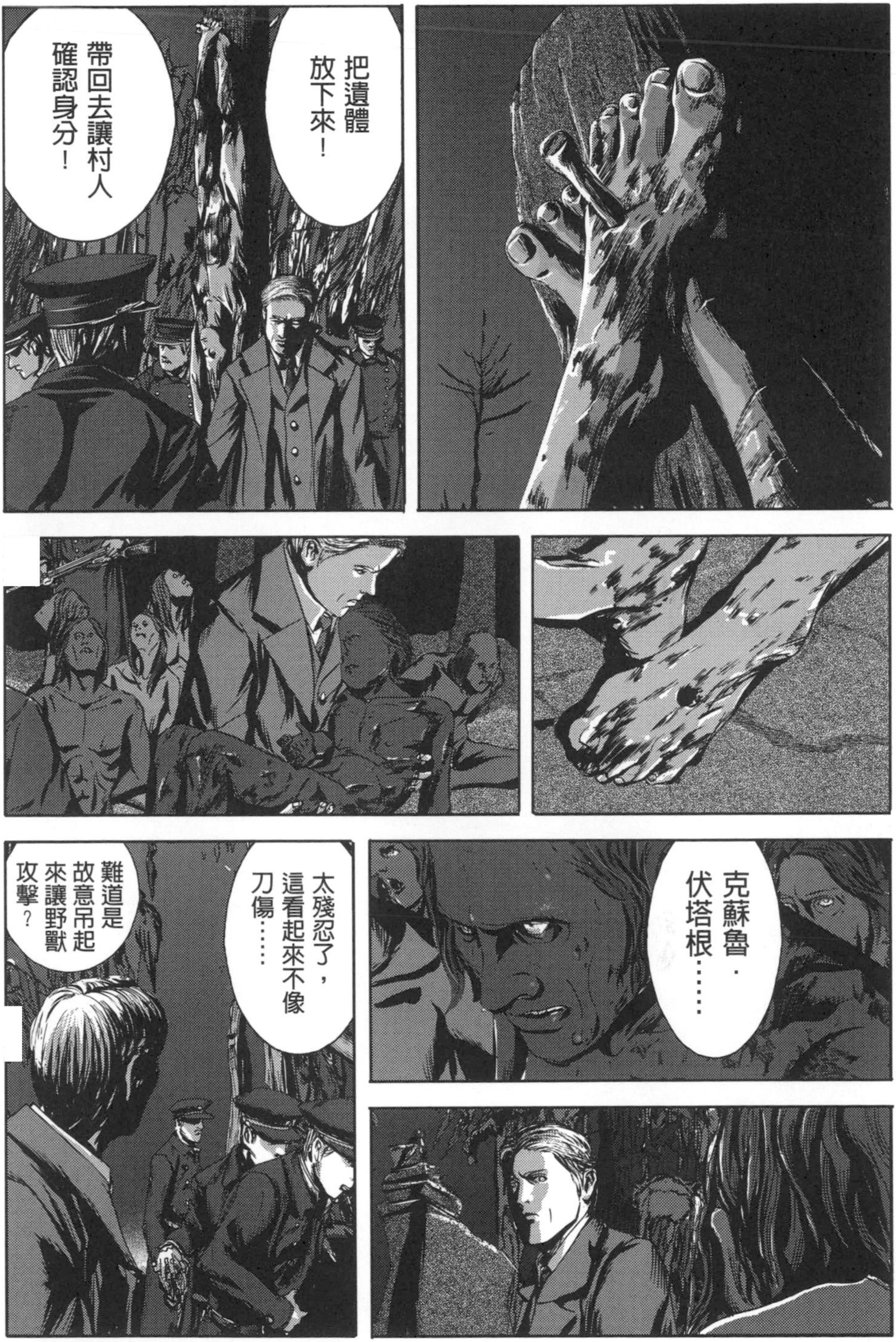
把遺體放下來！
帶回去讓村人確認身分！
克蘇魯．伏塔根……
太殘忍了，這看起來不像刀傷……
難道是故意吊起來讓野獸攻擊？

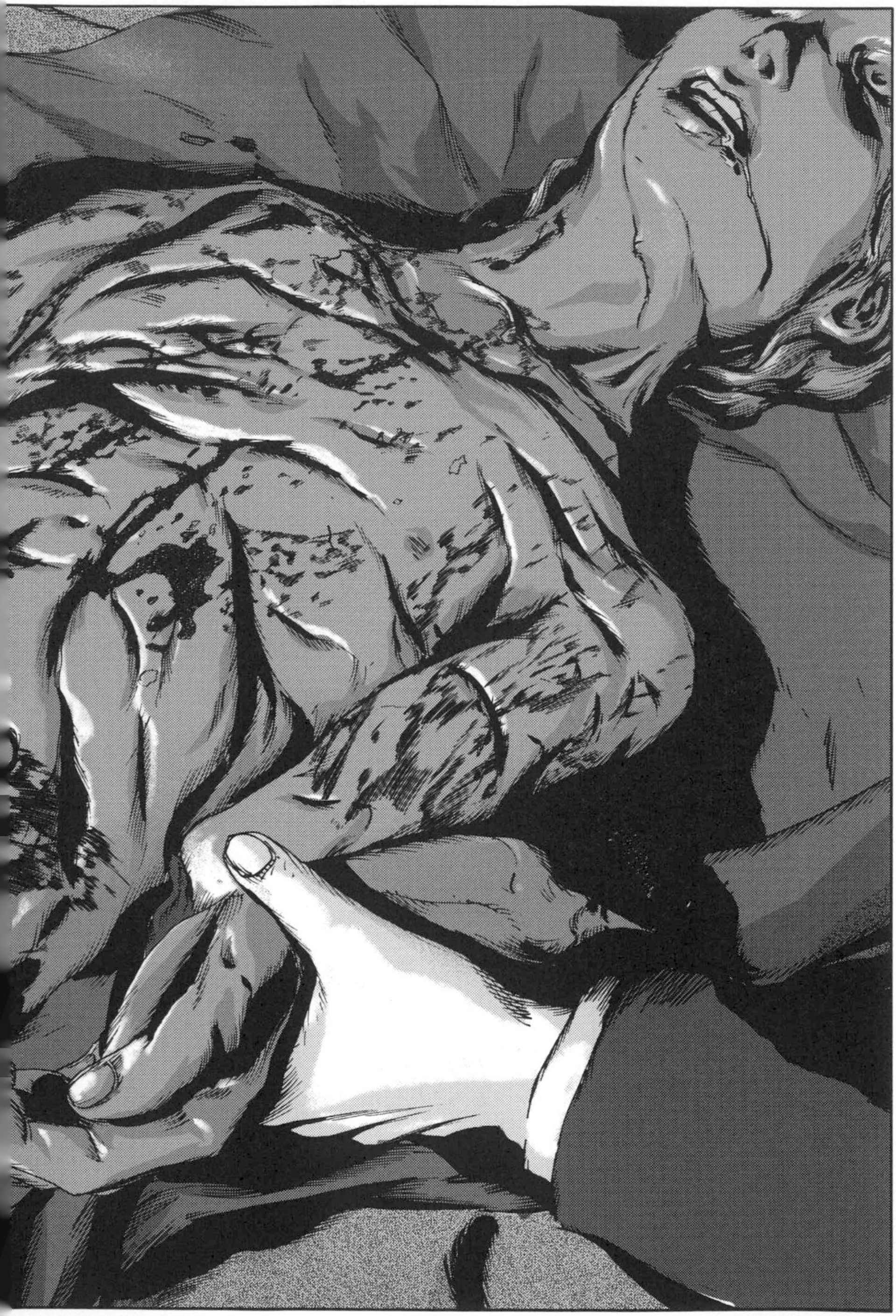

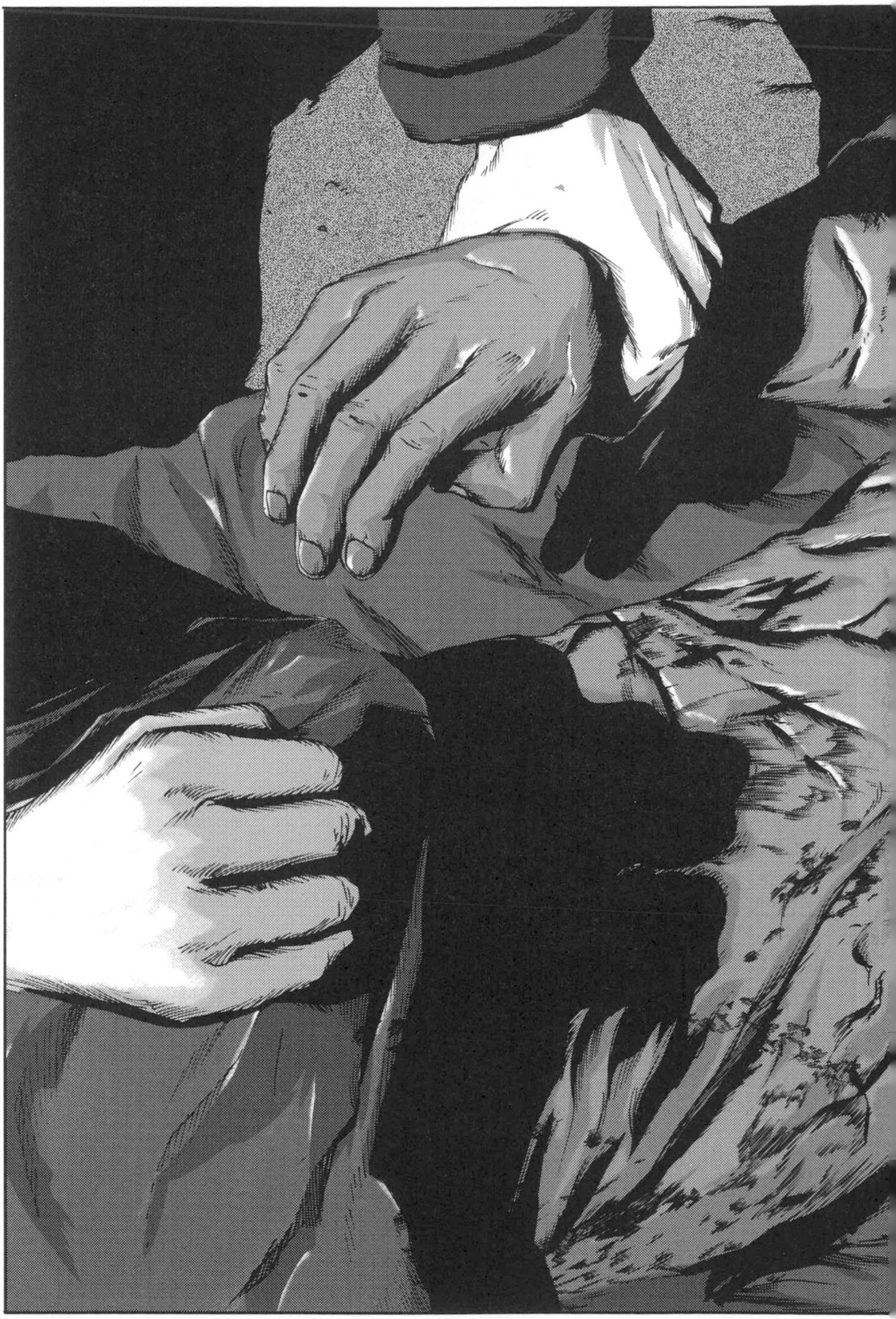

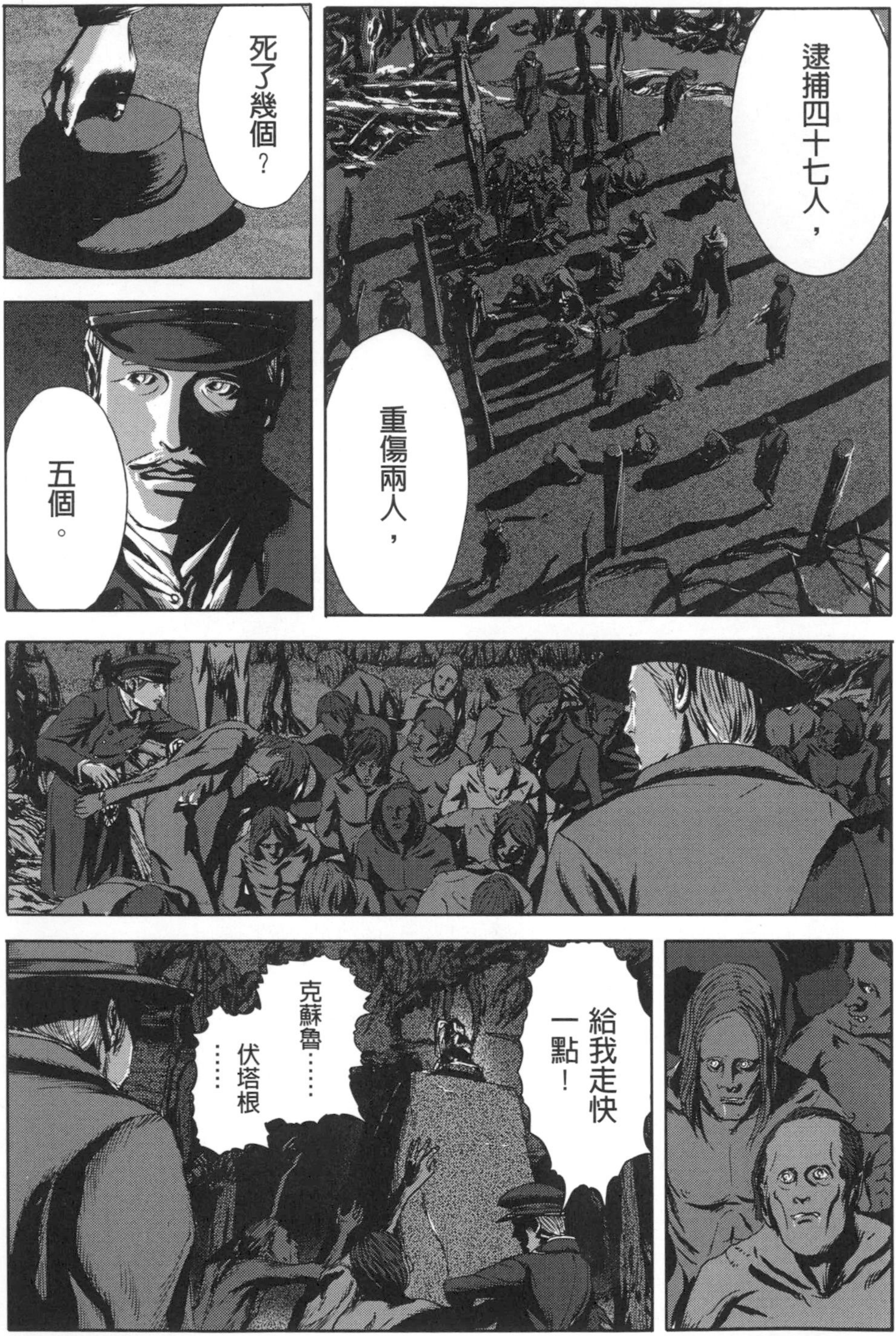
逮捕四十七人，
重傷兩人，
死了幾個？
五個。
給我走快一點！
克蘇魯……伏塔根……

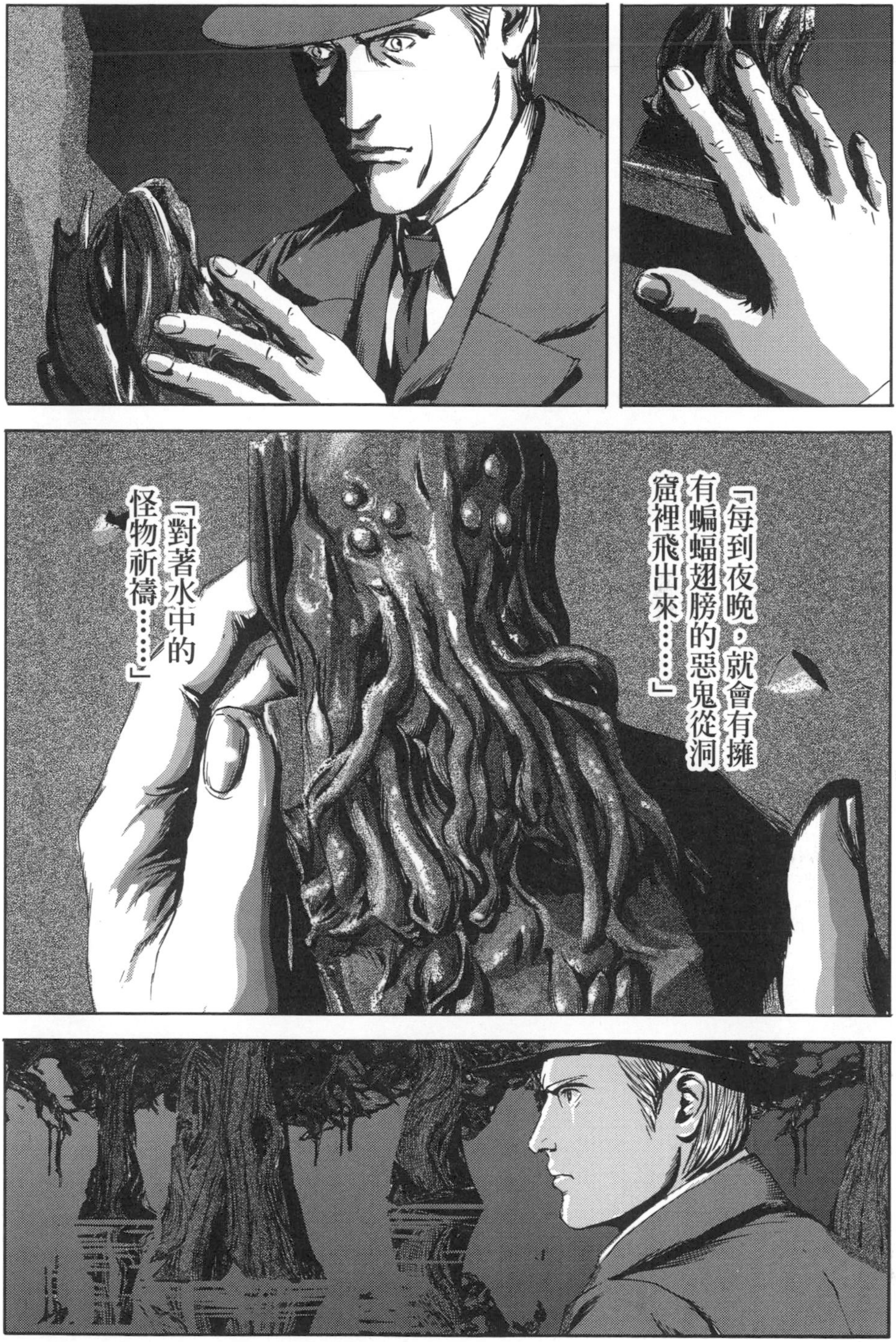
『每到夜晚，就會有擁有蝙蝠翅膀的惡鬼從洞窟裡飛出來……』
『對著水中的怪物祈禱……』

「有一座肉眼看不見的湖……」
「那裡棲息著一隻白色的水螅狀怪物，眼睛會發出光芒。」

落網的歹徒約有一半是黑人與白人的混血兒，
大多數來自於西印度群島及布拉瓦島。
有些人甚至是在船上出生及長大。
簡單來說，就是一群低階的水手。
他們真的是巫毒教徒嗎？
關於活人獻祭的罪行，
所有人都矢口否認。
他們異口同聲地說……是一群來自森林深處的黑翼之神……
把那些人殺死了……
黑翼之神？

大概是某種惡魔崇拜的思想吧。
他們都已失去了理智，連「絞刑」是什麼也搞不清楚了。
一群真正的瘋子。
……

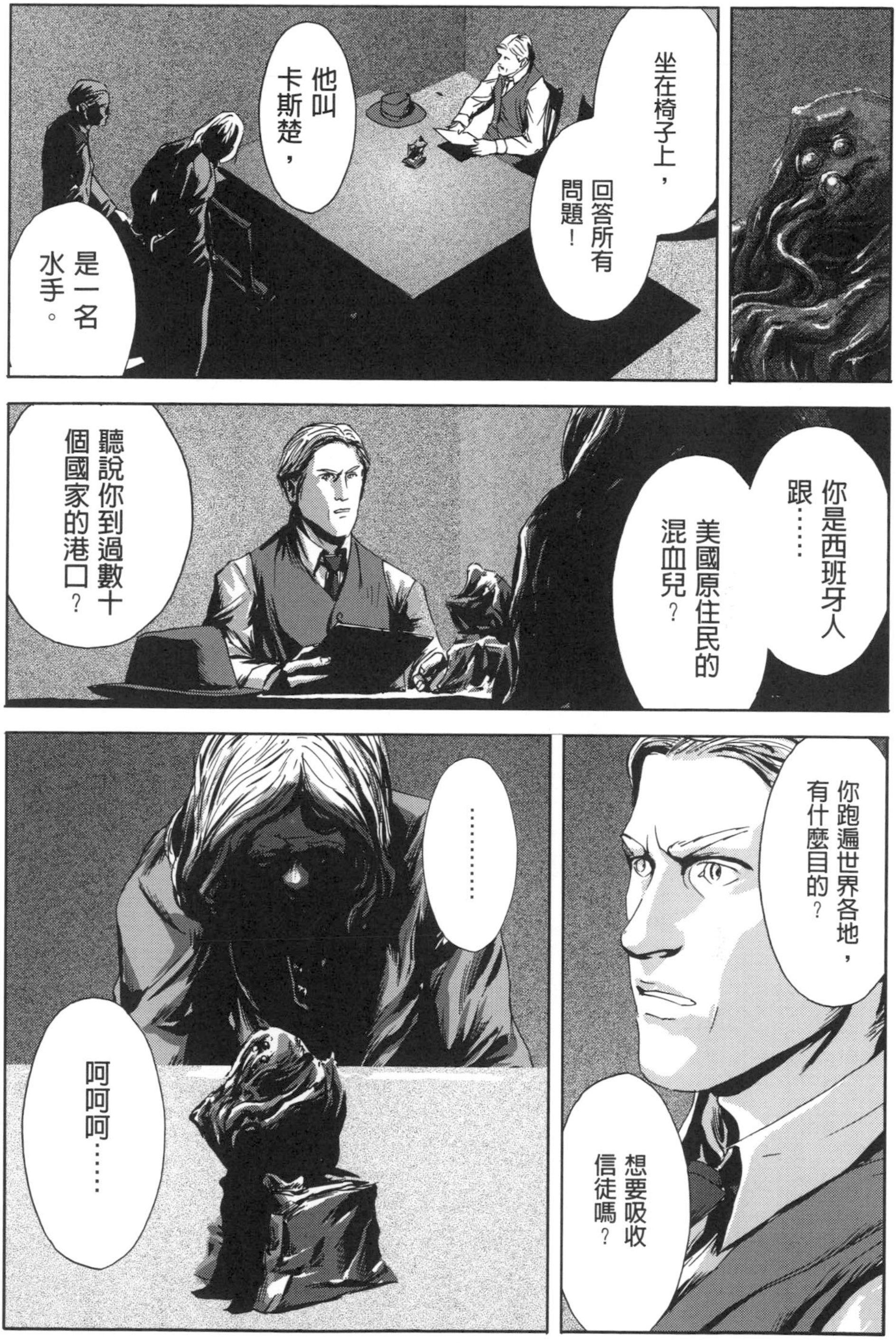
坐在椅子上，回答所有問題！
他叫卡斯楚，
是一名水手。
你是西班牙人跟……
美國原住民的混血兒？
聽說你到過數十個國家的港口？
你跑遍世界各地，有什麼目的？
想要吸收信徒嗎？
…………
呵呵呵……

你在笑什麼？
你們教團的領袖是誰？根據地在哪裡？
呵呵呵……
偉大的古神穿越無數星球，來到了地球上……
祂們將雕刻著自身模樣的聖像交給了世人……
打從好久好久以前，
祂們就出現在我們的夢境裡……讓我們看見那景象……

早在人類誕生之前，祂們便已降臨地球。
祂們不僅統治著地球，而且還建立了一座豪華壯麗的石造都市，名為拉萊耶……

當繁星抵達正確位置，
祂們便能在宇宙空間中自由來回穿梭……
然而繁星位置一旦有了偏差……

這些古神就會因繫星位置的靈力干涉而失去異能，
因此祂們陷入了長眠，與拉萊耶一同沒入海水之中……

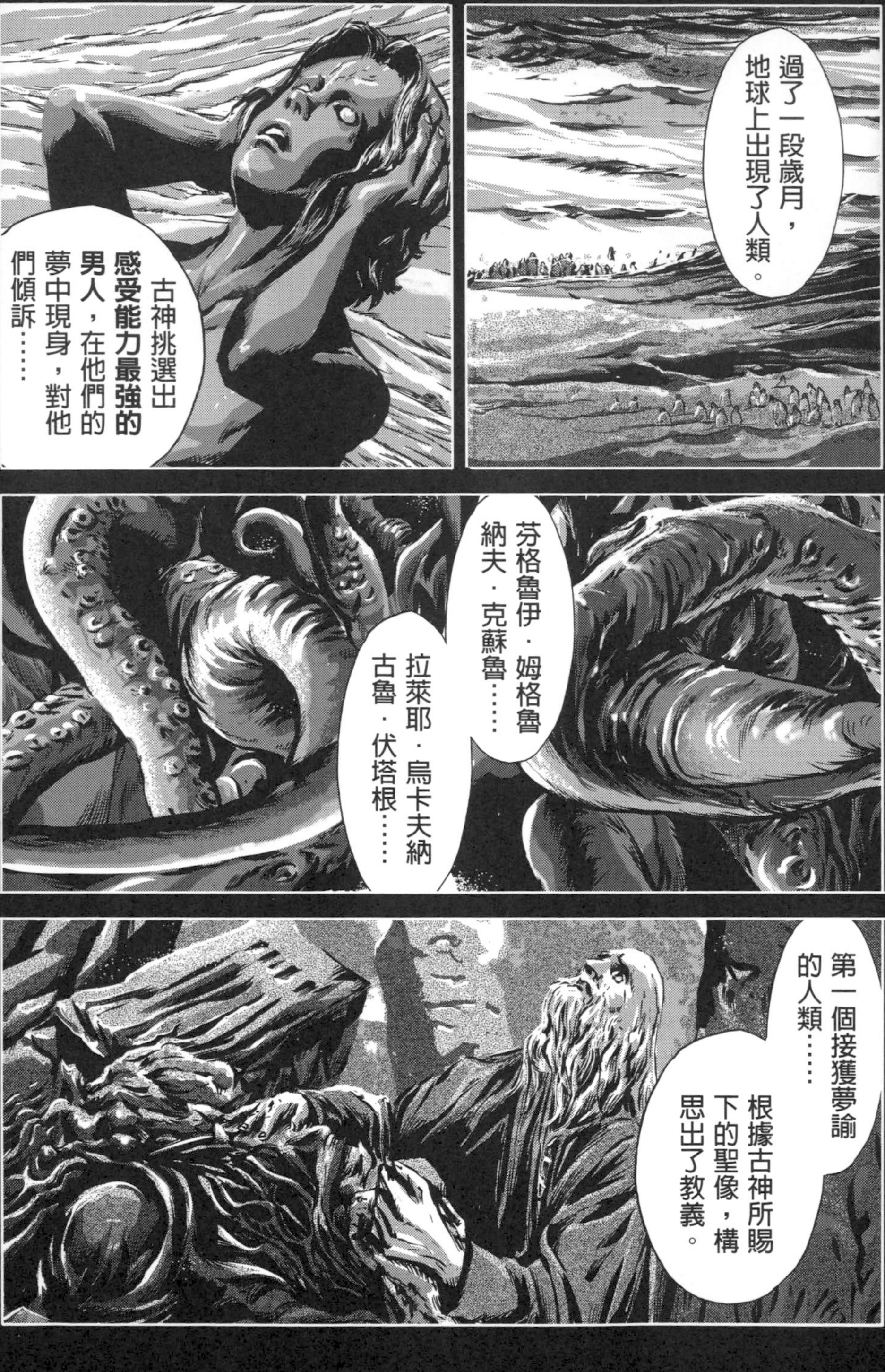
過了一段歲月，地球上出現了人類。
古神挑選出感受能力最強的男人，在他們的夢中現身，對他們傾訴……
芬格魯伊・姆格魯納夫・克蘇魯……
拉萊耶・烏卡夫納古魯・伏塔根……
第一個接獲夢諭的人類……
根據古神所賜下的聖像，構思出了教義。

獲選的人類為古神獻上祭品，
同時必須以咒語守護這些古神。

如今過了數百萬年，
人類與古神的交流因某些緣故而斷絕。
但是根據預言，有一天繁星將會回歸正確位置，
石都拉萊耶將會重新出現在世人的面前。
我們必須依循古神的復活預言不斷祭祀，
將這古老的記憶永世流傳下去。

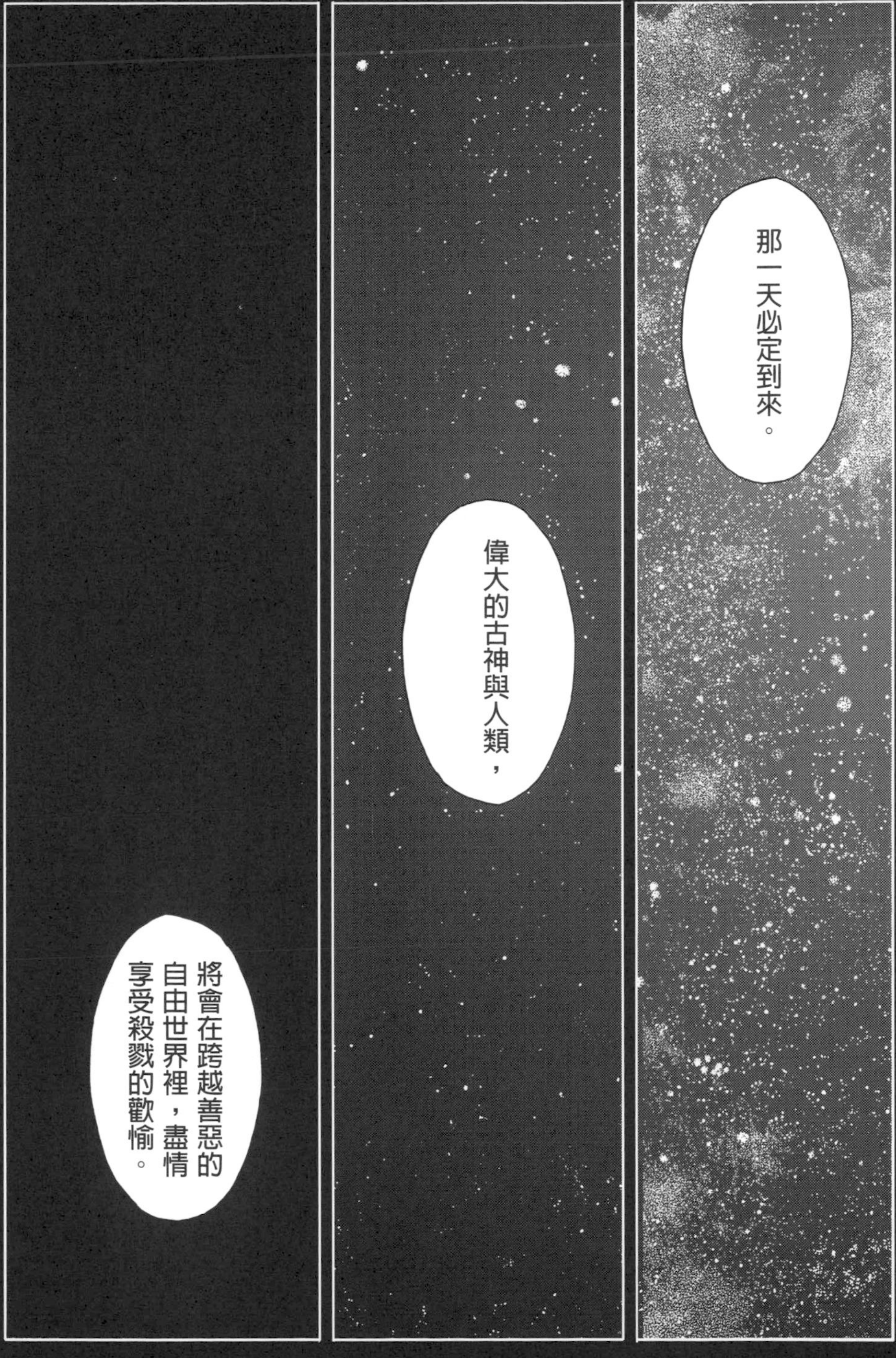
那一天必定到來。
偉大的古神與人類，
將會在跨越善惡的自由世界裡，盡情享受殺戮的歡愉。

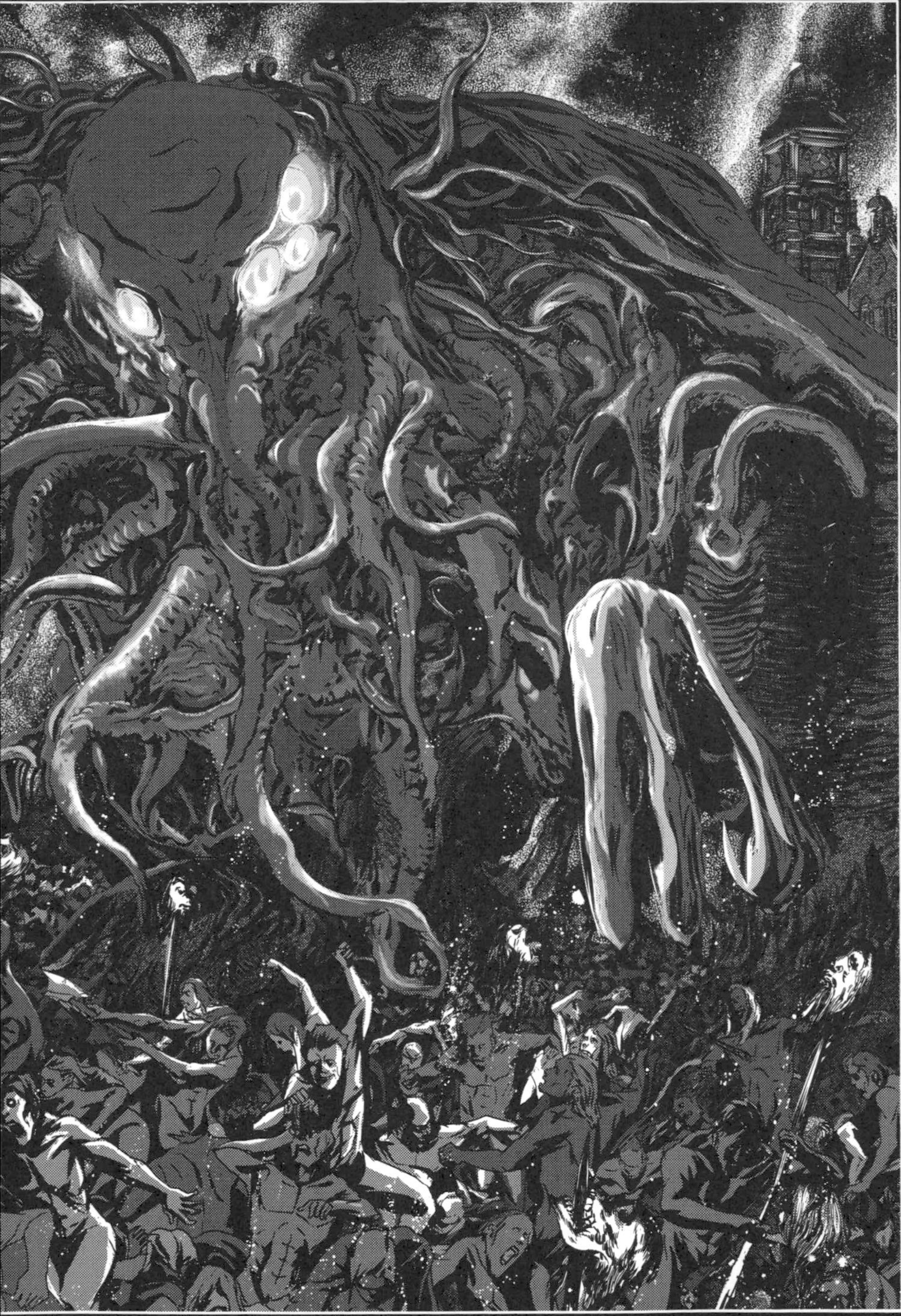

……依循著克蘇魯的引導。
別再說夢話了。
快說出領袖的名字及根據地的位置。
位於阿拉伯沙漠中央的石柱之都伊賴姆，就是我們的根據地。
……伊賴姆？
世界上沒有這座都市。

你們和西歐的魔女崇拜信仰有何關聯？
毫無關聯。
你們的教典叫什麼？
我們沒有教典，一切教義都是靠口耳傳承……
不過聽說學會祕法真諦的人，
能夠讀得懂《死靈之書》中的對句涵義。
《死靈之書》？
由詩人阿卜杜·阿爾哈茲萊德於七三〇年在大馬士革創作的魔法書。
一〇五〇年，正教會總主教米海爾一世下令將此書列為禁書。

長眠者永生不死，
(That is not dead which can eternal lie.)
在詭譎的永恆之中，連死亡也會消滅。
(And with strange aeons even death may die.)

但只要一個不小心，《死靈之書》的閱讀者將死無葬身之地。
別再胡言亂語了。
你們唱誦的那段咒語是什麼意思？
你們當然無法理解，愚蠢的人類還以為自己是地球的統治者，呵呵……
不就刻在聖像上面嗎？
長眠的克蘇魯，於拉萊耶宅邸中，
候汝入夢。

接著他還說克蘇魯如今依然在海底監視著人類……
後來我們反覆詰問，但再也問不出什麼新線索。
克蘇魯……
我從來沒聽過這種神祇。
我也是。
這東西是史前時代流傳下來的？真令人不敢相信……
我自己也是半信半疑。
看來得好好研究這尊雕像才行。

難怪舅公會這麼執著這方面的研究。
警方在沼澤地帶扣押的雕像，與格陵蘭的因紐特人的雕像大致相同，後來威爾克斯又作了類似的噩夢。
而且更驚人的是，
威爾克斯在夢中竟然也聽見了「克蘇魯」及「拉萊耶」這兩句話……
……但是，真的有可能相似到這種程度嗎？

托瑪斯街七號
Sculptor
H.A.Wilcox
他就住在
這裡。

第四章

神祕雕像

The Terrible Statue

咚咚！
三更半夜來敲門，有什麼事嗎？
我叫弗朗西斯．偉蘭德．瑟斯頓，
是安傑爾教授的甥孫。
你是安傑爾教授的……
好吧，我剛好也有事情想問教授。
我想跟你談談關於我舅公的事，
能不能耽誤你一點時間？
進來吧，我們談一談。

我最近在製作雕像，每天累得精疲力竭。
所以房間很亂，你別在意。
聽說你因為不明疾病而喪失了記憶？
教授都告訴你了？
沒錯，住院前後數星期的記憶完全是模糊的。
雖然我知道你的事，但你不用太過驚訝。
那是因為我在舅公的遺物裡發現了筆記本，裡頭提到你的黏土板。
遺物？安傑爾教授過世了？

請你老實回答我。
你是不是事先調查過我舅公的研究內容，才製作出了那樣的黏土板？
什麼意思？你認為我誆騙了安傑爾教授？
我確實曾委託教授解讀那塊黏土板，
但我對教授沒有說過半句謊言。
我確實曾經夢見巨大又古怪的古代都市。
當我醒來時，我發現自己穿著睡衣，正在雕刻黏土板，這些都是千真萬確的事實。
我不相信你，紀錄上說你曾經罹患熱病，
喪失了包含那夢境在內的所有記憶，不是嗎？
記憶確實變得模模糊糊……
但是在腦海深處還是依稀有一點印象。
我舅公的研究確實很少見，但我不明白，你到底想得到什麼？

我連自己的身體發生了什麼事都不知道，你能明白我心裡的恐懼嗎？
眼前突然浮現朦朧的景象……
克蘇魯……伏塔根……這兩句話不斷在我的耳邊迴盪……
接著黏土板的那怪物……就出現在我的面前！

你剛剛說，有事想要問我舅公？
我帶著黏土板去找教授那天，他這麼問我……
「你是不是克蘇魯教團的信徒？」
「是不是有人威脅你不准說？」
我想知道克蘇魯教團到底是什麼？那跟我的夢有何關係？教授到底知道些什麼？
這我也不清楚。
我從來沒聽過那個教團。
你該不會是把夢境和現實搞混了吧？
……舅公的筆記本裡完全沒有提到這件事。
我確定教授確實這麼問過我！

擁有靈異感應力的神童、設計學院首屈一指的天才，任何人看了你的作品，都會認同你的能力吧。
相信你要成為知名雕刻家，只是時間早晚的問題。
根本沒有人理解，我所看見的景象絕對不是腦中的幻覺。為了不讓記憶隨著時間消滅，我打算用大理石雕出這個怪物。
是嗎，但願你的才能不會讓你失望。

威爾克斯看起來並不像是故意誆騙舅公……
但是古怪的雕像、兩道聲音，以及噩夢……
這些偶然的要素怎麼可能剛好兜在一起？
現實之中絕對不可能有這種事。
倘若能夠徹底調查遠古時代的祕境，
針對邪教的起源及傳播進行通盤研究，或許能夠藉此建立起學者的地位。
但是這整件事實在是太過匪夷所思。
舅公到底是抱著什麼心情，持續調查這些事情？

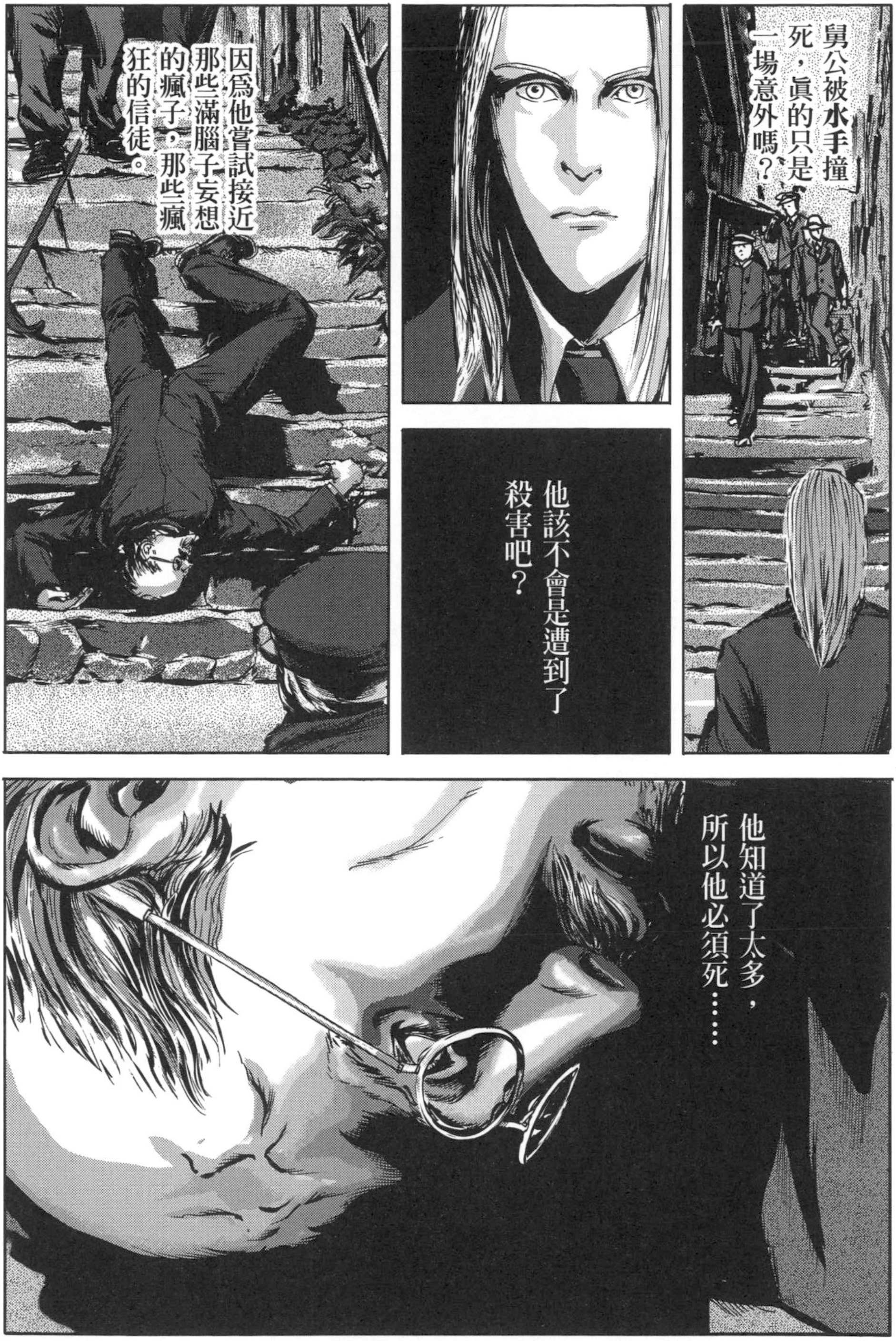
舅公被水手撞死，眞的只是一場意外嗎？
他該不會是遭到了殺害吧？
因爲他嘗試接近那些滿腦子妄想的瘋子，那些瘋狂的信徒。
他知道了太多，所以他必須死……

路易斯安那州
紐奧良
警察總部
勒格拉斯督察，
請你至少告訴我，當年那些人如今在哪裡。
瑟斯頓先生，礙於規定，我不能讓你知道那起邪教事件的詳情。
而且我們所掌握的內情，並沒有比這本教授留下的紀錄更多。
那些人之中，有兩個遭處絞刑，
剩下的如今都關在精神病院裡。
至於卡斯楚，他在數年前病死了。
關於克蘇魯教團的事，交給我們警察來傷腦筋就行了。
……

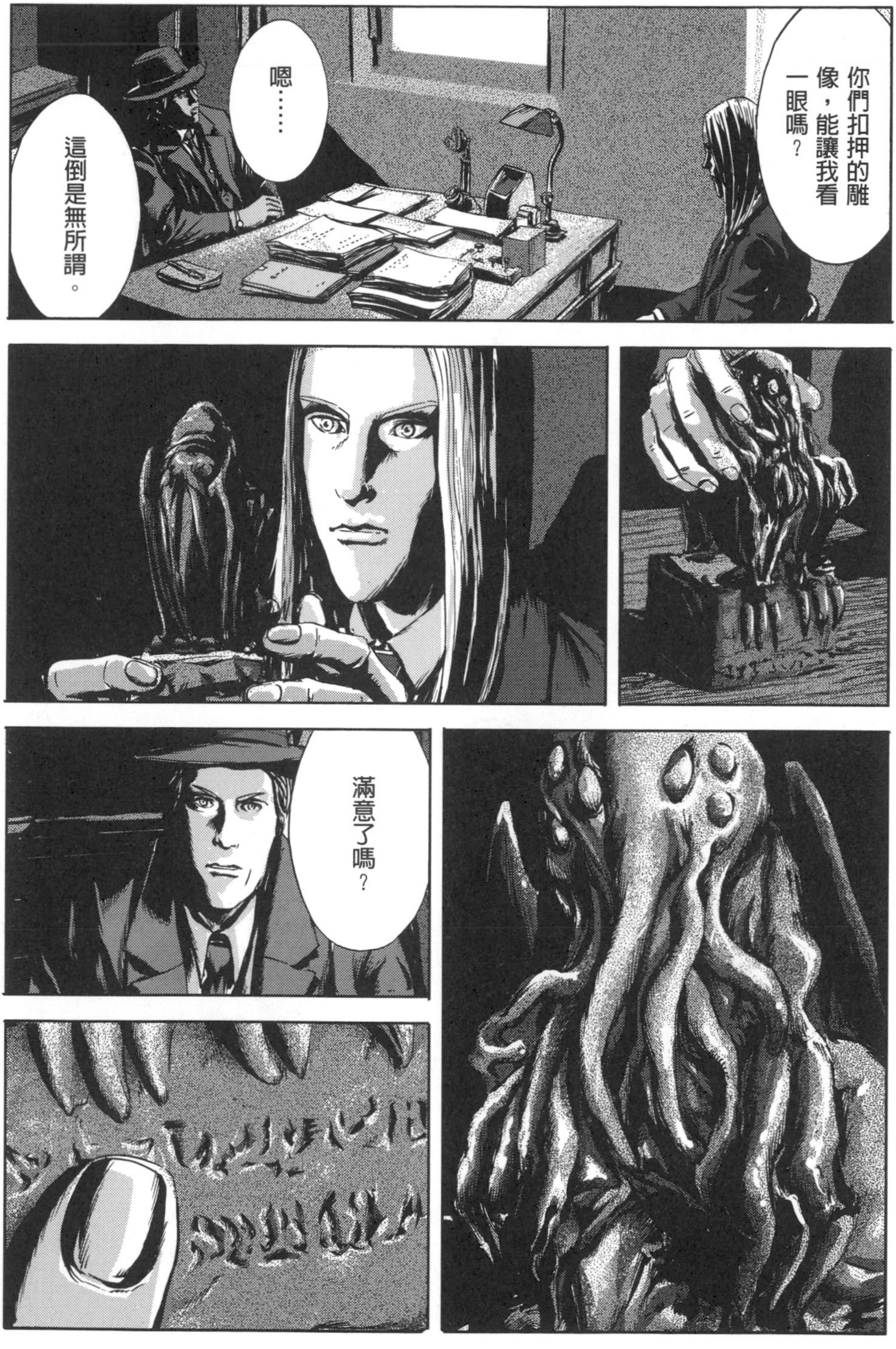
你們扣押的雕像，能讓我看一眼嗎？
嗯……
這倒是無所謂。
滿意了嗎？

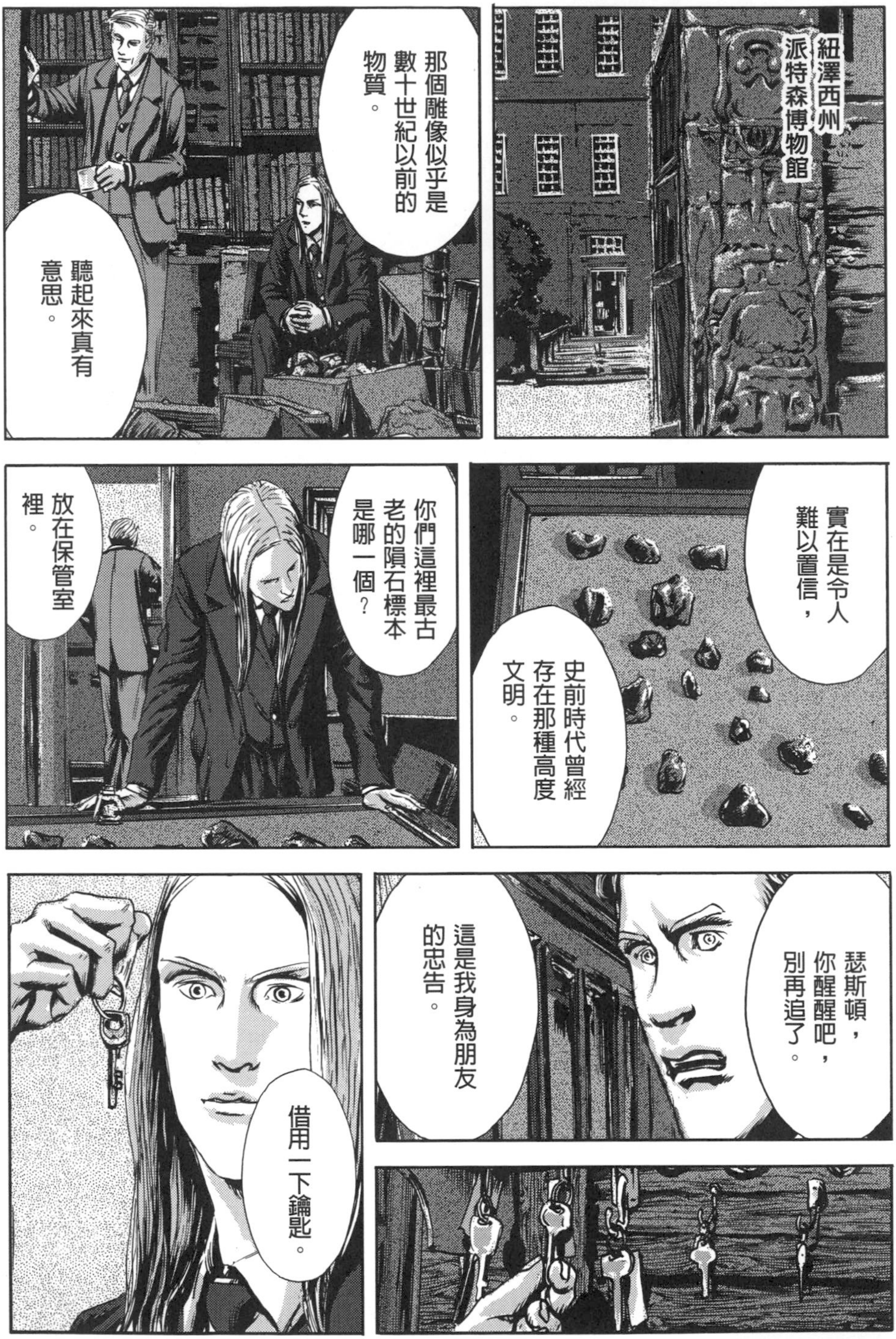
紐澤西州派特森博物館
那個雕像似乎是數十世紀以前的物質。
聽起來真有意思。
實在是令人難以置信，
史前時代曾經存在那種高度文明。
你們這裡最古老的隕石標本是哪一個？
放在保管室裡。
瑟斯頓，你醒醒吧，別再追了。
這是我身為朋友的忠告。
借用一下鑰匙。

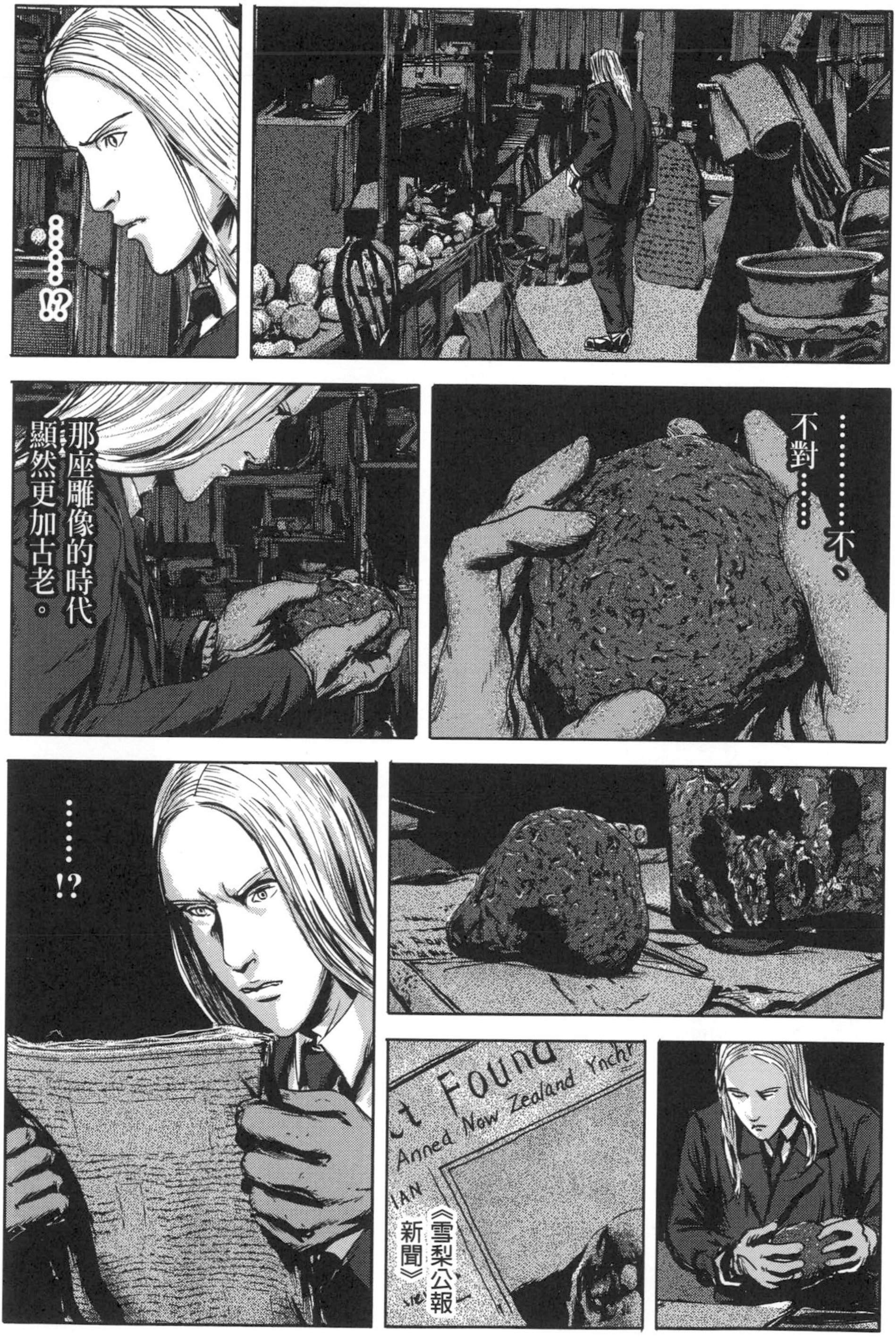
……!?
……不、不對……
那座雕像的時代顯然更加古老。
……!?
t Found
Anned Now Zealand Ynchr
IAN
《雪梨公報新聞》

一九二五年四月十二日貨船「警惕號」在南緯三十四度二十一分、西經一百五十二度十七分的海上，發現了一艘漂流船。
船上有一具屍體，以及一名陷入半瘋狂狀態的倖存者。倖存者身上帶著一尊神祕雕像。
……這是……！
倖存者的名字是古斯塔夫·約翰生，挪威人，雙桅縱帆船「艾瑪號」的二副。
根據約翰生的描述，他原本所搭乘的艾瑪號在三月一日因遭遇暴風雨而漂流。

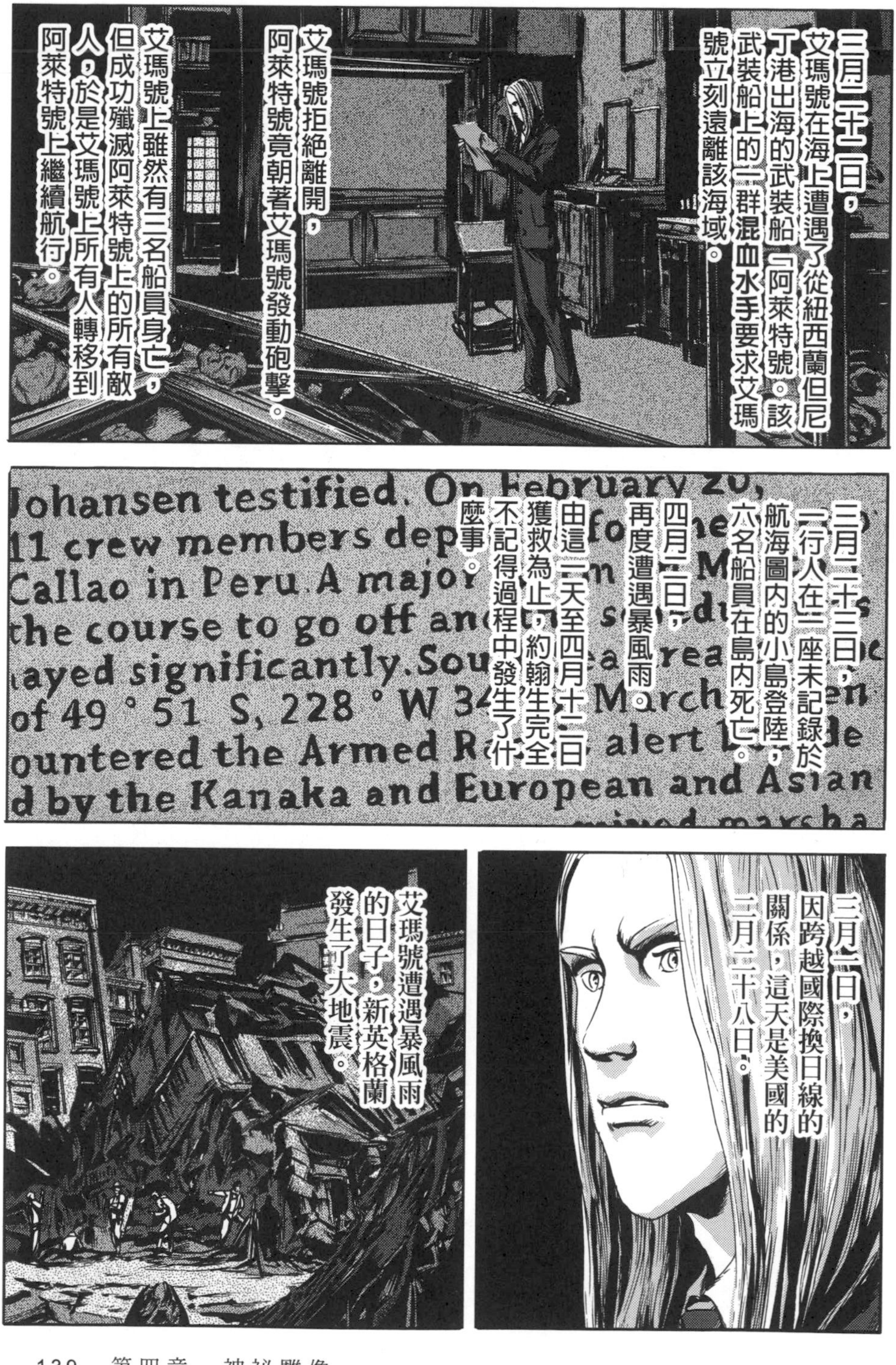
三月二十二日，艾瑪號在海上遭遇了從紐西蘭但尼丁港出海的武裝船「阿萊特號」。該武裝船上的一群混血水手要求艾瑪號立刻遠離該海域。
艾瑪號拒絕離開，阿萊特號竟朝著艾瑪號發動砲擊。
艾瑪號上雖然有三名船員身亡，但成功殲滅阿萊特號上的所有敵人，於是艾瑪號上所有人轉移到阿萊特號上繼續航行。
Johansen testified. On February 20,
Callao in Peru. A major
the course to go off and
ayed significantly. Sou
of 49° 51 S, 228° W 34
ountered the Armed R
d by the Kanaka and European and Asian
三月二十三日，一行人在一座未記錄於航海圖內的小島登陸，六名船員在島內死亡。
四月二日，再度遭遇暴風雨。
由這一天至四月十二日獲救為止，約翰生完全不記得過程中發生了什麼事。
三月二日，因跨越國際換日線的關係，這天是美國的三月二十八日。
艾瑪號遭遇暴風雨的日子，新英格蘭發生了大地震。

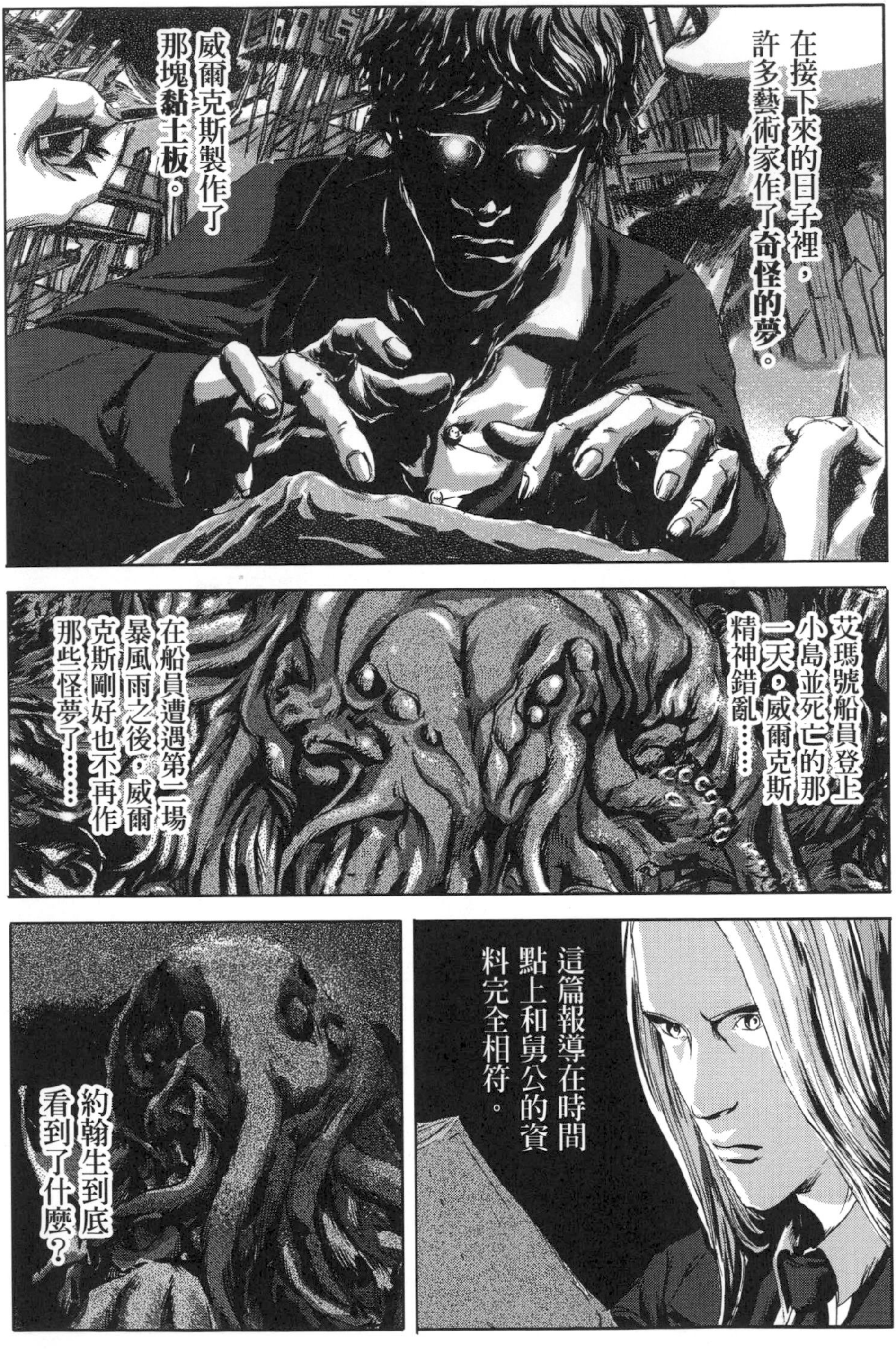
在接下來的日子裡，許多藝術家作了奇怪的夢。
威爾克斯製作了那塊黏土板。
艾瑪號船員登上小島並死亡的那一天，威爾克斯精神錯亂……
在船員遭遇第二場暴風雨之後，威爾克斯剛好也不再作那些怪夢了……
這篇報導在時間點上和舅公的資料完全相符。
約翰生到底看到了什麼？

紐西蘭
但尼丁港

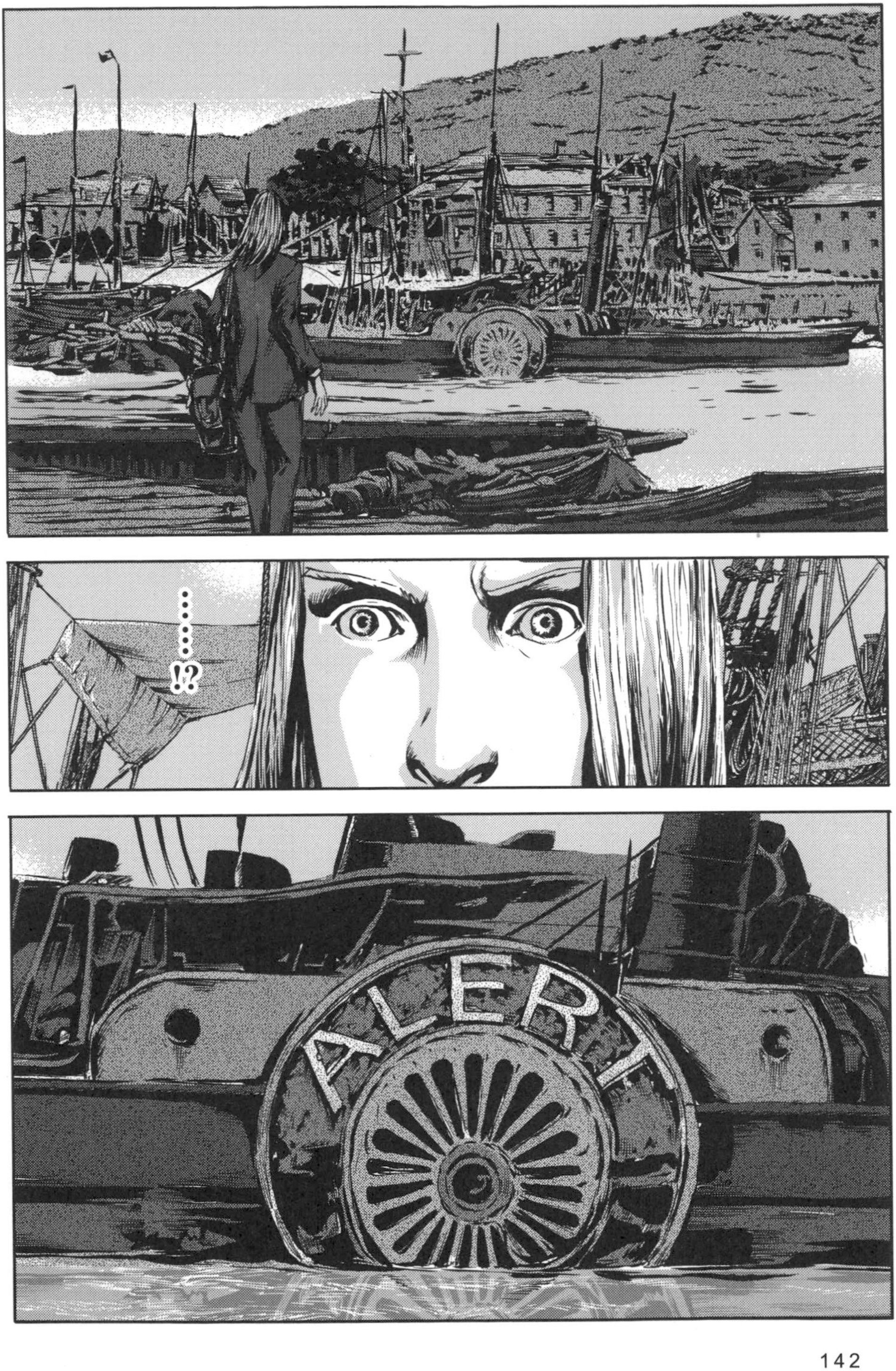
……!?
ALERT

因為那起事件的關係，來參觀的客人變多了呢。
你想知道約翰生的住處地址？
好，我請在海事法院工作的朋友查一下……
請稍待片刻。
對了，回收的雕像就放在後頭的展示架上。
謝謝。
……!?

「偉大的古神穿越無數星球，來到了地球……」
「祂們將雕刻著自身模樣的聖像交給了世人……」
天底下眞的有這種事？這尊雕像與勒格拉斯督察扣押的雕像幾乎如出一轍……
一個邪教團的勢力有可能遍及全世界？

我查到約翰生的住處了。
他現在住在奧斯陸，
這是他的地址。
怎麼了？
……
沒什麼，謝謝你。

挪威 奧斯陸
就是這裡。
我心裡有不好的預感。

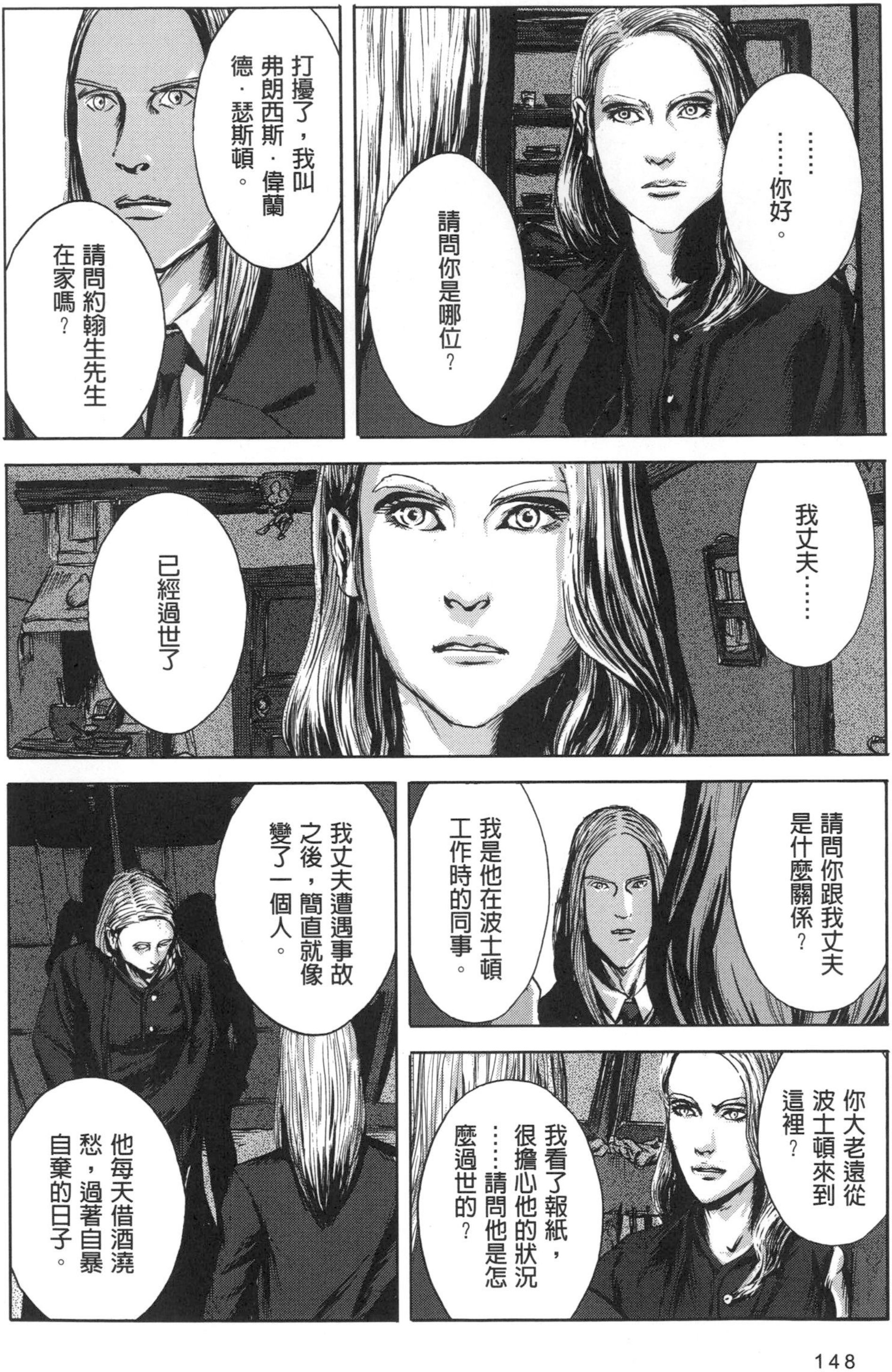
……你好。
請問你是哪位？
打擾了，我叫弗朗西斯．偉蘭德．瑟斯頓。
請問約翰生先生在家嗎？
我丈夫……
已經過世了
請問你跟我丈夫是什麼關係？
我是他在波士頓工作時的同事。
你大老遠從波士頓來到這裡？
我看了報紙，很擔心他的狀況……請問他是怎麼過世的？
我丈夫遭遇事故之後，簡直就像變了一個人。
他每天借酒澆愁，過著自暴自棄的日子。

有一天，他走在港口附近的小巷裡，忽然被頭頂上掉下來的東西砸中，
雖然剛好有路過的水手上前救助，但他還是死了。
醫生說死因是突發性心臟病。
這……不可能吧……!?
他在那場船難中失去了很多同伴，生前他一直無法接受這個事實。
每天一到晚上，他就開始寫東西。因為是英文，我完全看不懂。
……他寫了什麼？
既然是英文，我可以幫忙翻譯。

我猜應該是跟船有關的事吧，他一直想要早點回到船上工作。
能借我一陣子嗎？
當然，這些筆記能夠交到看得懂的人手上，相信我丈夫在天之靈也會感到開心。
謝謝妳。
Technical matters
技術資料

技術資料？
約翰生爲什麼要寫這種東西？
……這是……!?
筆跡相當潦草，顯然是在精神狀態不穩定的情況下寫出來的。
關於尚未發現的大陸，關於亡者……

……這……
這個是……
難道……
難道他親眼目睹了……
古神的眞面目……

第五章

來自海上的瘋狂

The Madness from the Sea

一九二五年三月二日
南太平洋
雙桅縱帆船艾瑪號
船尾被波浪撞偏了！
快把船頭轉回來！
風雨這麼大，不可能的！
再這樣下去，船會翻的！
水平衡桁動也不動！
派人到桅杆上，砍斷繩索！
風雨太大，太危險了！
拿斧頭給我！
快一點！
約翰生！你別亂來！

拉繩子！
好！成功了！
用力捲上去！

可惡！
快鬆開啊！
！
好！趕快
往上拉！
那是……!?

現在的地點是南緯四十九度五十一分，西經一百二十八度三十四分……
風平浪靜，完全不像剛發生過暴風雨……
我們漂流到了南方，得趕快返回路線上才行。
大家都沒事，真是太好了。
葛林，我在海上闖蕩了將近五十年，
前幾天那場大風雨實在不太尋常。
柯林斯船長，在我看來，那只是一場很平凡的風雨。
這一帶的海域突然出現了很強勁的海流，
過去不曾有過。
是嗎，但我總是覺得不太對勁。
……怎麼說？
柯林斯船長！

前幾天我在桅杆上，看見海面出現了巨大的漩渦。
我推測海流可能是由斷層運動引起的。
海底不知是隆起還是下沉，造成了海嘯向外擴散。
你的意思是說，可能發生了地震？
現在討論這個，沒有什麼意義。
但是現在我們的航行速度只有平常的一半，除了受東風的影響之外，
還得加上海流的影響。
你看看航海圖吧！我們要返回航線並不困難。
但是……
船長！請趕緊到甲板上來！
德諾凡，有事晚點再說。
東方出現了可疑船隻！
正朝著我們來！
……

是蒸汽船！船名是……阿萊特號！
那艘船有外輪，看起來像一艘中型商船。
速度至少有二十節。
請問該如何處置？
那艘船看起來並不需要我們的救助，
我們繼續前進吧。
……等等，對方正在發出手旗信號！
「……警告！」
「艾瑪號，立刻掉頭……」
「離開這片海域……」
不理它，我們繼續前進。
我們的行程已經落後了。
樣子不太對勁……
那艘船的甲板上聚集了不少水手……

克蘇魯·伏塔根！

克蘇魯·伏塔根！

船長！
他們手上有武器！
什麼？難道是海盜？
甩掉他們！
他們拿著斧頭和開山刀，似乎沒有槍械……距離越來越近了！
以現在的風向，肯定逃不掉的！

所有人就定位！把所有的帆放下來！
左舷二十！
左舷二十！頂帆往下！
阿萊特號在迴旋……
停下來了……
對方船上有大砲！
提防砲擊！
大砲!?
什麼!?

可惡！
左外板破損！
該死的傢伙！
嗚嗚……
快報告狀況！

外板進水！
船員都沒事！
呼……
呼……
立刻應戰！
把槍拿起來！
守護我們的船！
動作快！
我們這可是商船……
快點取槍！

柯林斯
船長！
誰快來
幫忙！
把船長搬
進船艙！
葛林！

約翰生先生！
葛林……天啊……
快拿槍！
……
請下達指令！
現在你是船長！
該怎麼辦才好？
請你指揮我們！

水已經淹到第三甲板了！
已經撐不住了！
船身開始傾斜了！
看來只能決一死戰了……

我們的船馬上就要沉了……
想要活命，就必須奪下阿萊特號……
但是要怎麼做？
布萊頓，你來掌舵！
以船尾對著阿萊特號！
讓阿萊特號從那個方向靠近我們！
我明白了。
我盡力而為！
我們呢？

盧斯里．基修、
葛雷拉、
荷金斯、
安格斯壯……
你們四人，
站在那裡攻擊上船的敵人。
德諾凡和我負責攻擊敵船大砲附近的敵人。
遵命。
派克，你負責打倒闖入操舵室的敵人。
明白了。

我們謙卑地祈求，但願上主譴責牠。
上天萬軍的統帥，
求祢因上主的威能，把徘徊人間、引誘人靈……
使其喪亡的撒旦及其他邪靈……
拋下地獄裡去……阿們……
克蘇魯．伏塔根！
克蘇魯．伏塔根！

願主庇佑
我們……
中彈！

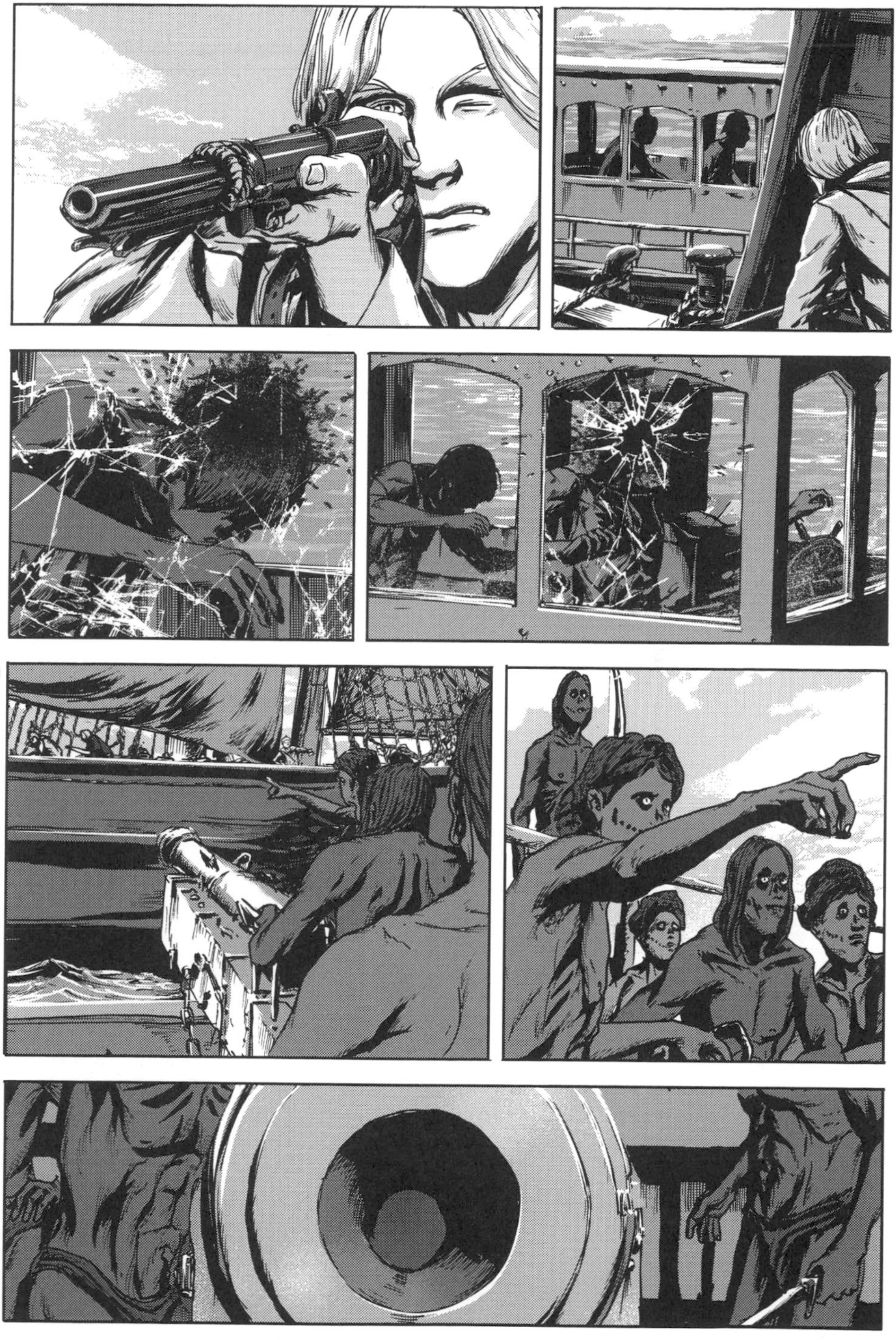

德諾凡！
派克！
咚！
是誰？
派克嗎？

咕……

克蘇魯！
伏塔根！
伏塔根！
克蘇魯！
嗚嗚……
去死！
去死！
一群瘋子……
砰！

吱吱吱……
約翰生！快到船頭來！
退後！德諾凡！
……！

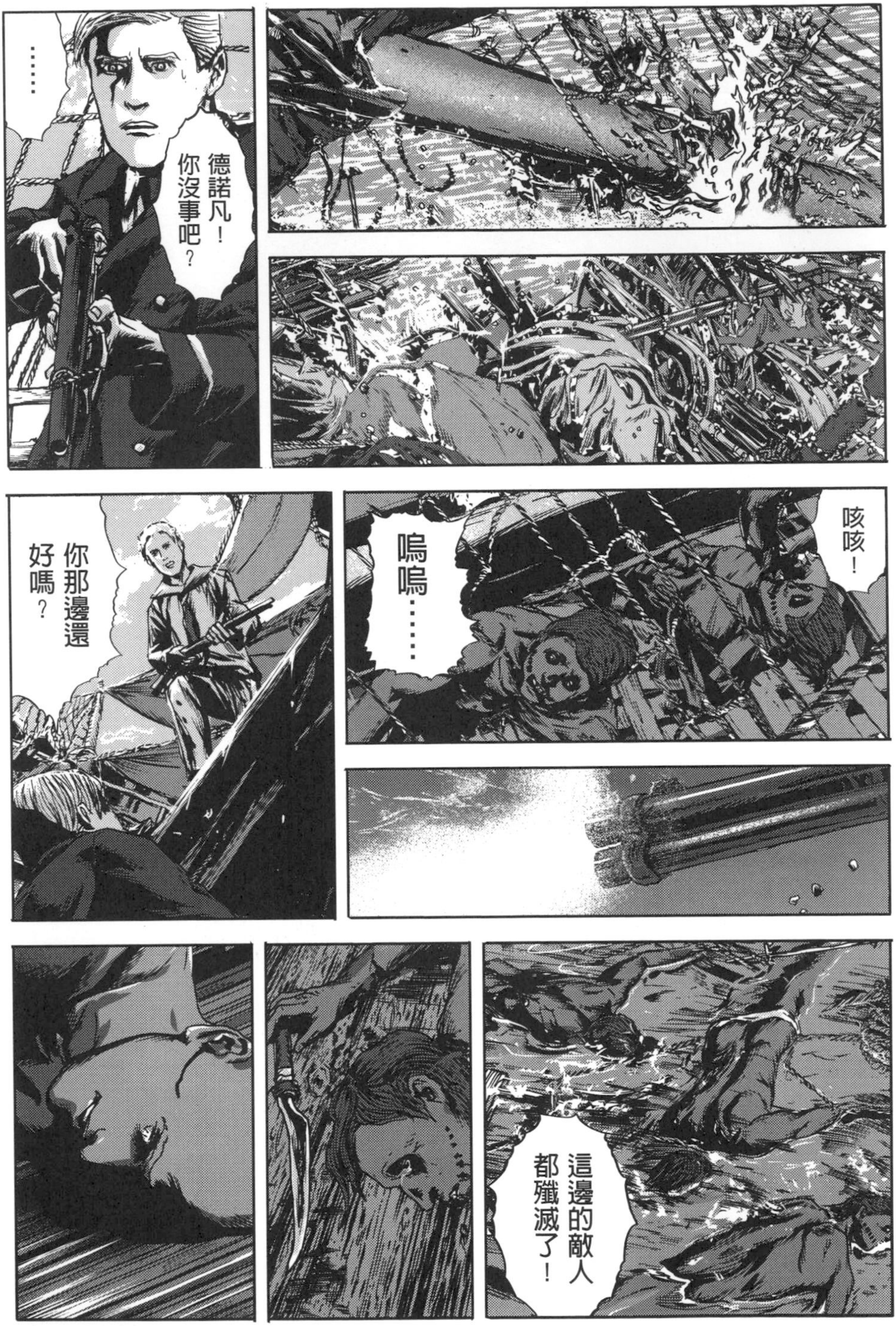
……
德諾凡！你沒事吧？
咳咳！
嗚嗚……
你那邊還好嗎？
這邊的敵人都殲滅了！

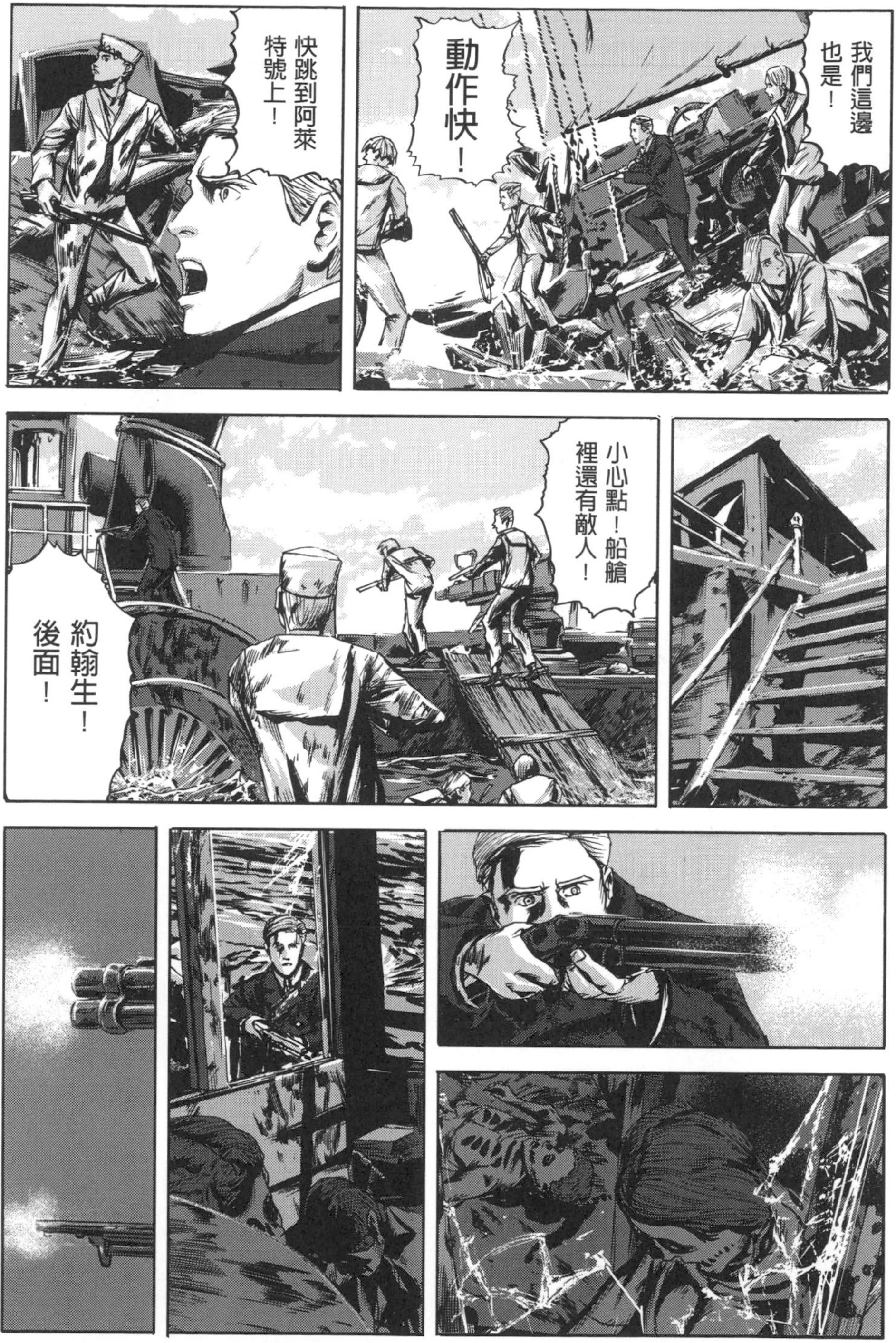
我們這邊也是！
動作快！
快跳到阿萊特號上！
小心點！船艙裡還有敵人！
約翰生！後面！

大家都沒事吧？到甲板上集合！
誰來幫幫我！我的腿受傷了！
抓住！
所有人都沒事……
神啊，請憐憫我們……
約翰生……
……
艾瑪號……

怎麼會落到這個地步……
神啊……

燃料剩下九十加侖，
沒有食物也沒有水。
無法返回奧克蘭，無線電也不通，
獲救的希望渺茫。
根據航海紀錄，這艘船是在三月一日從但尼丁港出海，
但是他們的目的是什麼，完全沒有留下任何紀錄。
明明知道燃料不夠，為什麼還攻擊我們的船？
他們這麼做，簡直是自殺行為。
為什麼突然攻擊我們？
他們曾警告我們「盡速離開」，
或許他們要與其他船在這裡會合，
要不然就是他們在這片海域藏了一些東西。
為什麼會碰到這種事情？
還是思考活命方法吧。
大家有什麼好點子？

約翰生先生，請過來一下。
有什麼事？
船艙的後頭有座詭異的祭壇。
祭壇？
上頭擺著人骨、祭祀物及看起來相當古怪的雕像。
那些連死都不怕的瘋子，
到底在祭祀什麼？
你怎麼知道他們不怕死？
當初他們衝到我們船上的時候，我真心認為應該把那些傢伙全部殺光。
因為他們彷彿是在享受著殺戮與自毀，
和一般人不能相提並論。
多半是一群……
瘋狂的邪教徒吧。

或許他們以為這麼做可以擺脫生死吧。
但是擁有理性之人，絕對做不出那種行為。
嗯，我們的抉擇並沒有錯。
那是正確而且……必須的選擇。

我們走吧。
沒有必要待在這種詭異的房間。
接下來你有什麼打算？
除了等待救援之外，是否無計可施了？
這正是我們接下來要思考的事。
真不敢相信，
竟然有座島嶼。
你一定看錯了。
這片海域我們經過很多次了，附近絕對不會有島嶼。
但是真的有座島嶼……
你看十點鐘的方向，
……
看起來有堤防……
還有看似高塔的建築。
……!?
立刻把所有人都叫過來。

那些傢伙威脅我們立刻離開，
甚至還炸毀了我們的船，想必正是為了這座島嶼。
現在我們要登上那座島嶼，不，那座都市。
願神庇佑我們……

第六章

拉萊耶

R'lyeh

石碑、建築物及從來沒看過的象形文字……
一座不存在於航海圖上的都市。

為什麼過去沒人發現這裡？
每樣東西都好巨大……
實在不像是這世間該有的東西。
到底是什麼人建立了這個文明？
一定是在發生暴風雨的那天。
海底向上隆起，浮出了海面，那天的大浪正是地殼變動所引發的。
石碑上纏繞的海草，正是最好的證據。
約翰生先生！你看那邊！

那些雕刻和船上的雕像一模一樣！

好古怪的模樣，看起來像是把章魚、龍和人融合在一起了。
雖然我不知道那些生物代表什麼意義。

但牠們可能曾經是這裡的守護者……

這建築物如此巨大，
待在這裡會比在海上漂流更容易被人發現吧。
而且只要下雨，我們就能獲得飲用水。
在獲救之前，我們就在島上探險吧。
好臭的味道……
這個地方，我總覺得不太對勁……
所有東西看起來都是扭曲的……

看起來不像是居住的地方，為什麼要蓋這樣的建築？
雖然形狀扭曲，但並非遭到破壞。
每根柱子都歪歪斜斜，卻又緊密貼合在一起。
簡直像是走進了瘋子的夢裡。
確實有如噩夢中的迷宮。

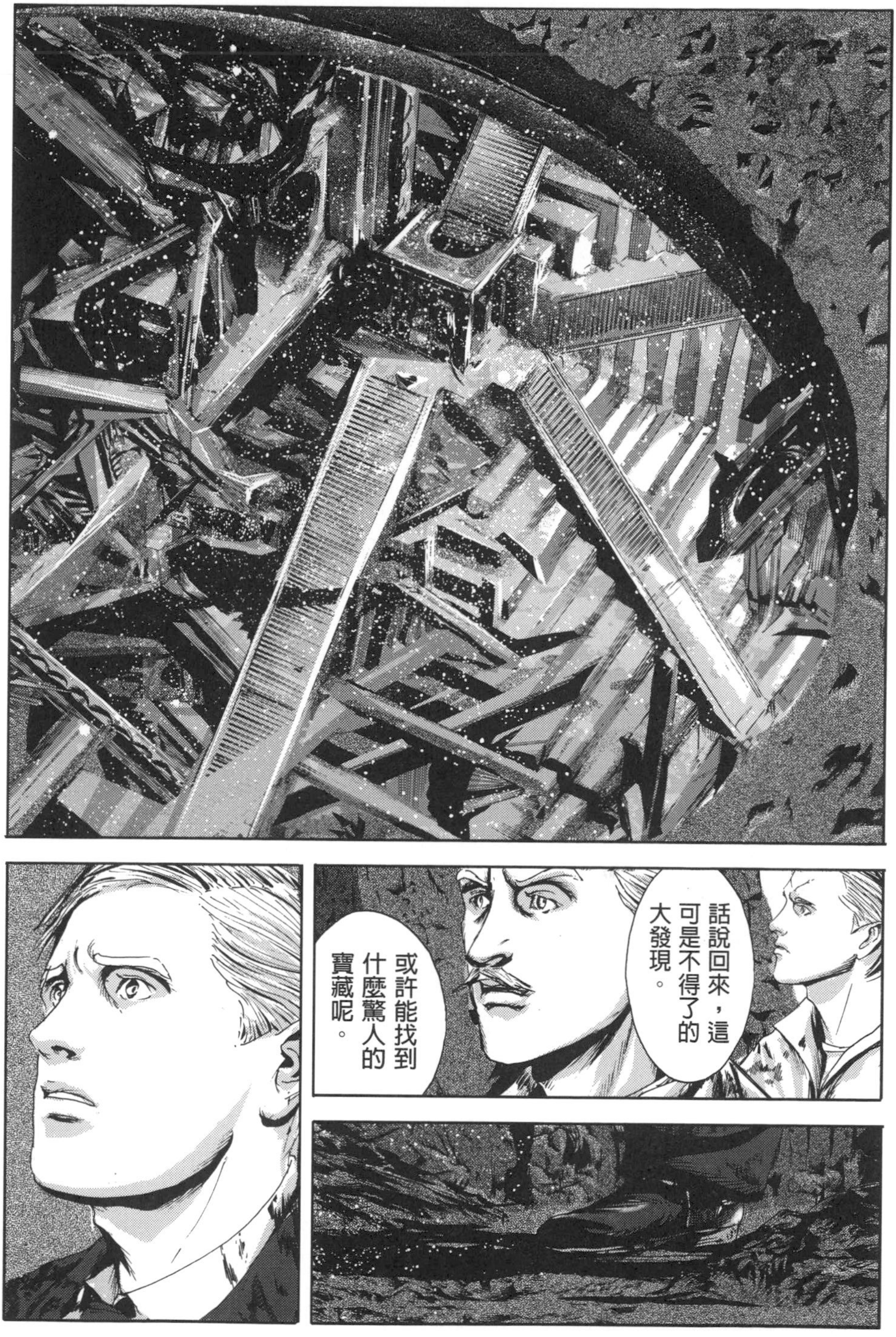
話說回來，這可是不得了的大發現。
或許能找到什麼驚人的寶藏呢。

又來了……
越往前進，眼前的景象越是扭曲變形。
看得我都快失去理智了。
或許是一種保護寶藏的障眼法吧。
…………

從污泥中蒸發的水分，或許發揮了扭曲景象的效果。
污濁的瘴氣，讓光線發生了折射現象……
阿萊特號上頭那些傢伙，會不會就是從這裡離開的？
這很難說。
一旦發現任何危險，我們就立刻退回船上。
畢竟我們……是侵入者。
約翰生先生！你快來看看！
有一扇好大的門！
……!?

這扇門看起來好可怕……
你們看……
上頭雕著同樣的生物。
這扇門似乎是水平的？
但是看起來卻又像是傾斜的……
幾何的感覺都亂掉了……
等等，你們打算開門？

不可能打開的，這玩意可是一直沉在海底。
上頭好像寫了一些文字……
不知道裡面有什麼？
德諾凡，我們趁天還沒暗，還是快回船上吧。
再留一會吧，或許能發現什麼東西……
咦，這是怎麼回事？
哇啊！
動、動了！
!?

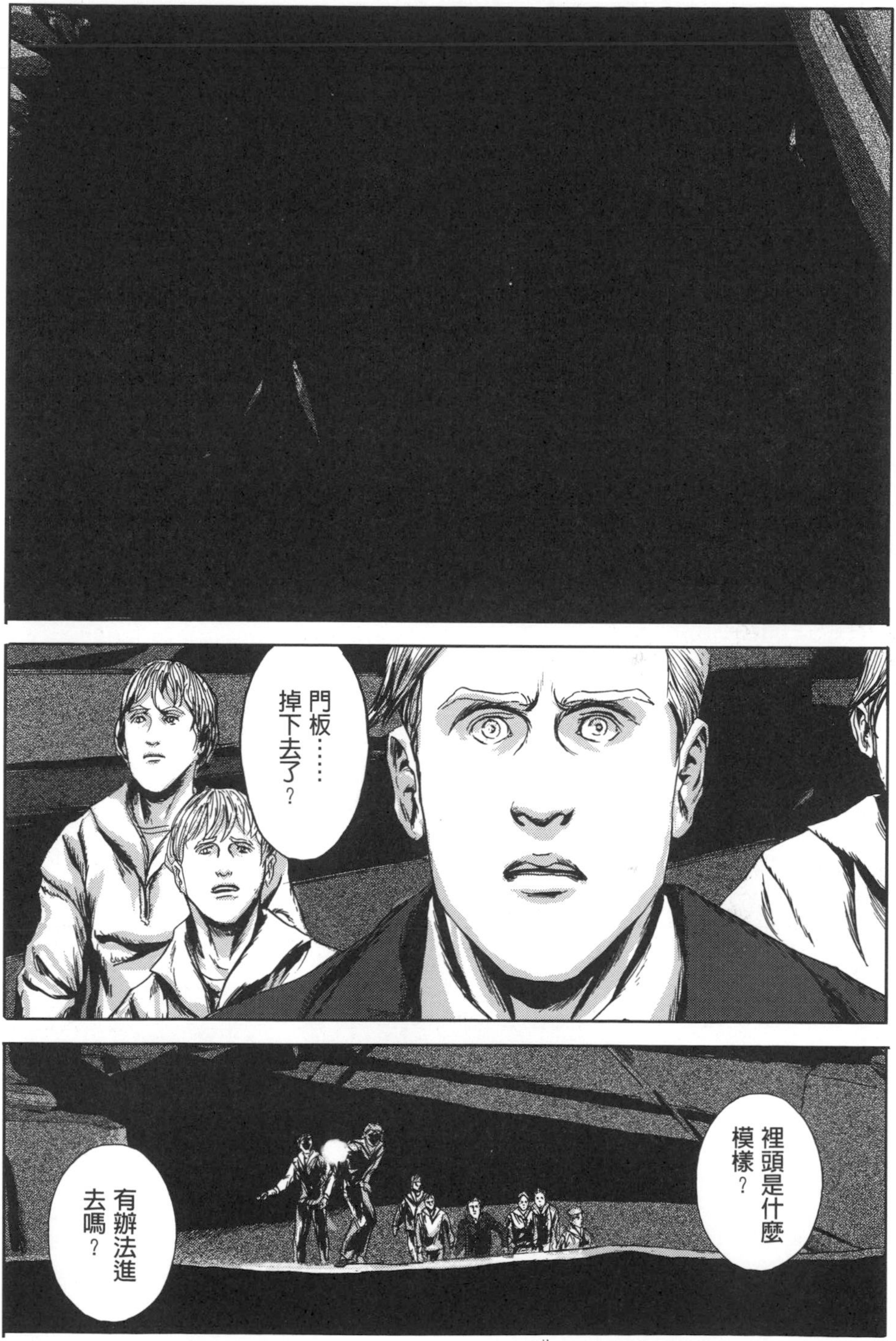
門板……
掉下去了？
裡頭是什麼
模樣？
有辦法進
去嗎？

什麼也看不見……
眼前一片漆黑……
光線好像都被遮蔽了？
荷金斯，小心別掉下去了！
有聲音……我好像聽見了聲音……
……聲音？
好像是水聲……
……咦？
裡頭好像……有東西……
啊啊！
荷金斯！你怎麼了？

咕嘎……
嘎嘎……
咕……嗚嗚嗚……
荷金斯！
嗚嗚嗚嗚嗚嘎！
荷金斯！

喂！聽到快回答！
那是什麼東西？
那不是黑暗，空氣中彷彿瀰漫著一種會吞噬光線的物質！
喂！荷金斯！
快回答我！
約翰生！

那、那是怎麼回事？
啊……啊啊……
咕……

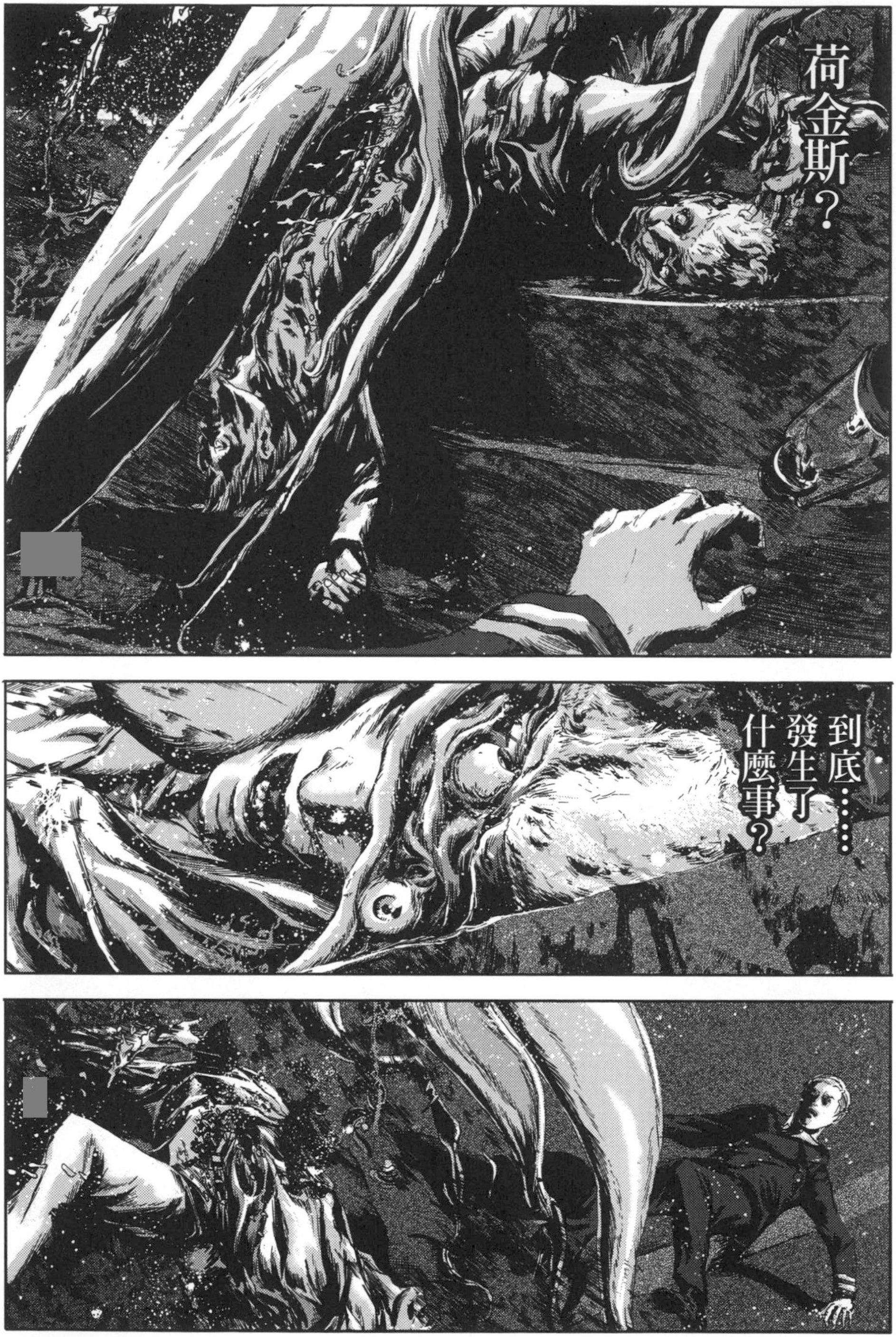
荷金斯？
到底……發生了什麼事？

咕嘎……！
好像有個龐然大物躲藏在裡頭！
咕噗！

嗚嗚嗚……
啊啊啊……

大、大家快回船上！
該往哪一邊跑？
轟轟轟轟……
追……追來了！
嗚嗚……嘎嘎……

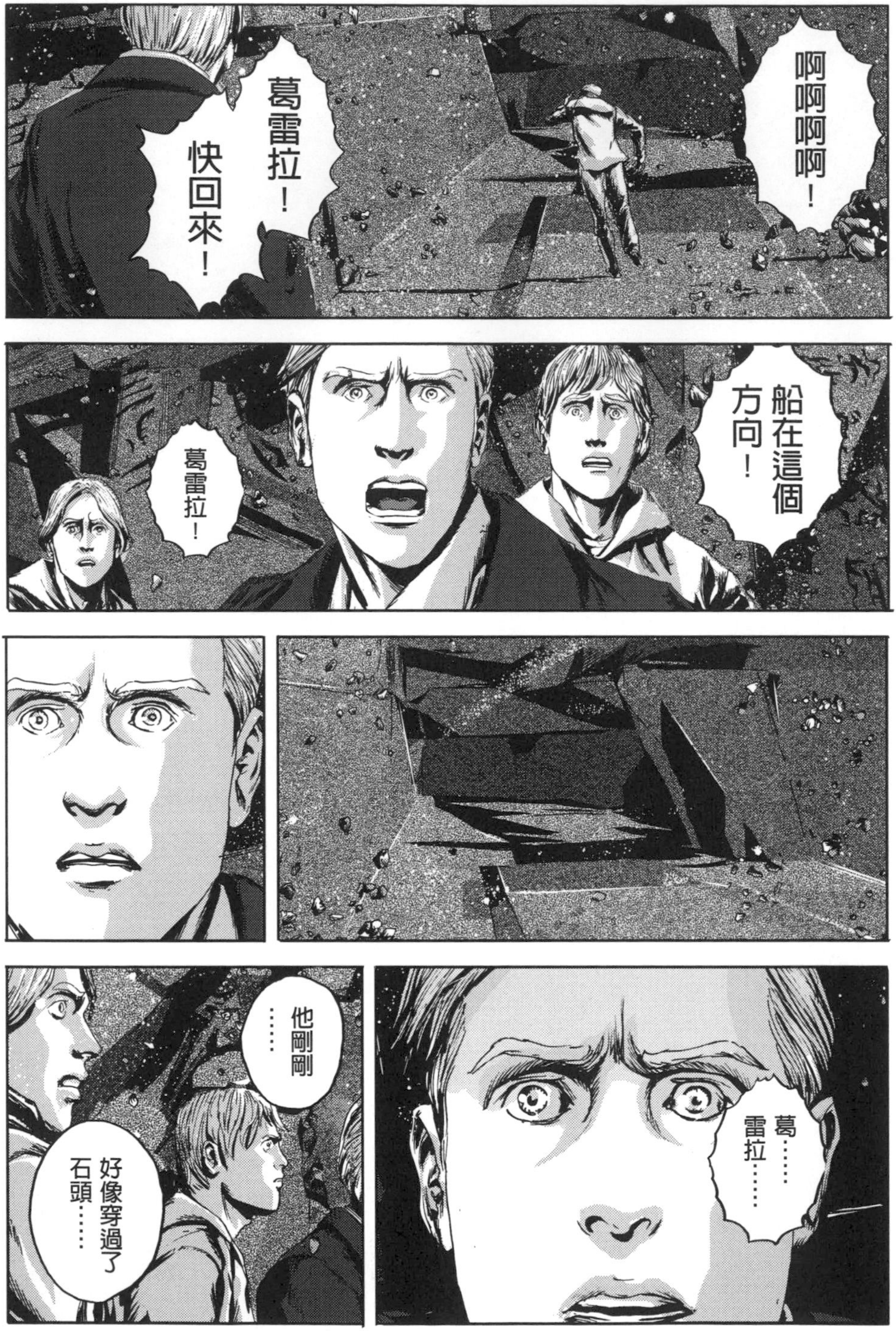
啊啊啊啊！
葛雷拉！快回來！
船在這個方向！
葛雷拉！
葛……雷拉……
他剛剛……
好像穿過了石頭……

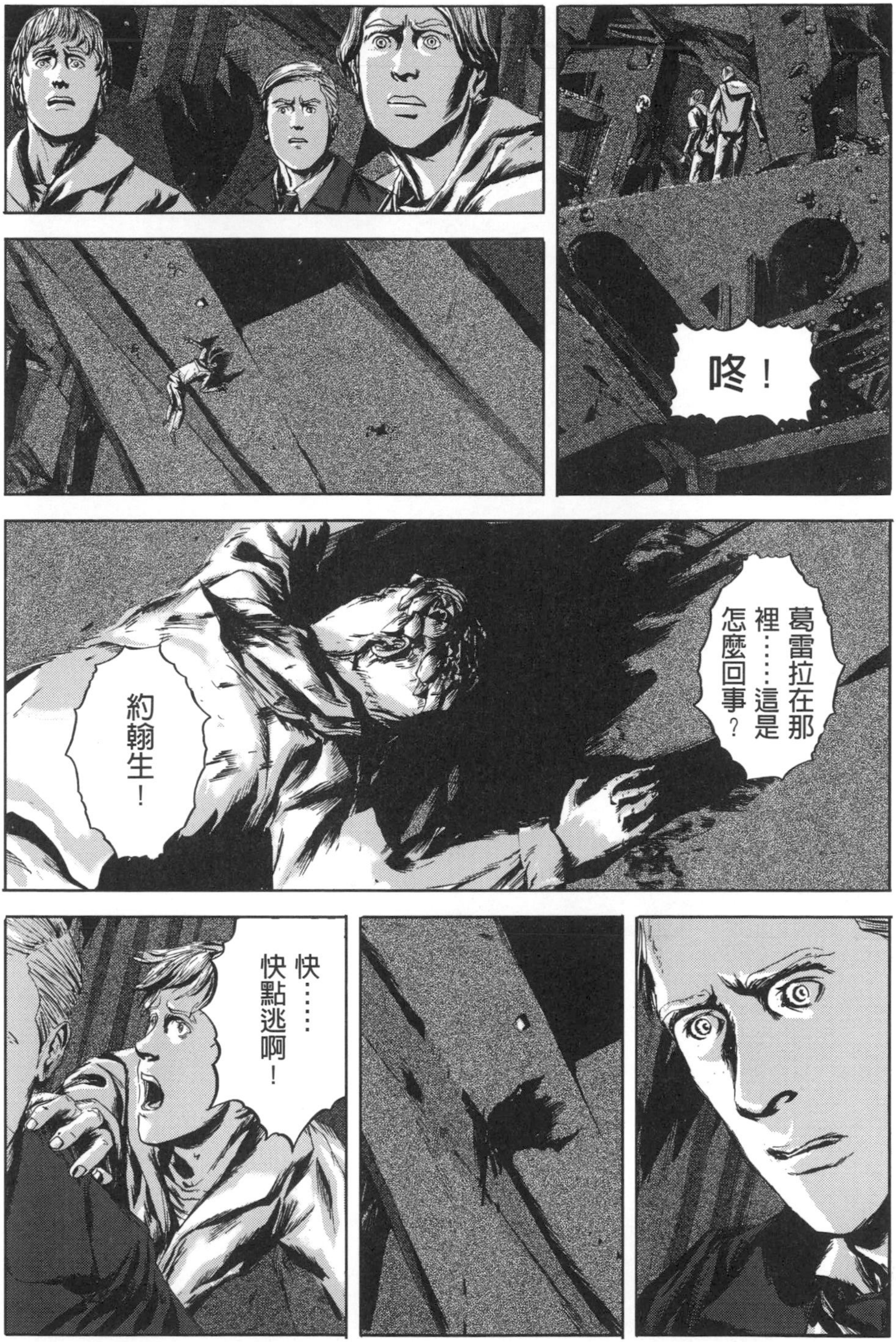
咚！
葛雷拉在那裡……這是怎麼回事？
約翰生！
快……快點逃啊！

啊……啊啊……
哇啊啊啊啊！

救我……
嗚嗚嗚……
派克！
嗚嗚……！
!?

約翰生……
這是一場夢嗎？
我們正在一場噩夢裡頭，是嗎？
這裡是哪裡？我們到底在哪裡？
還是我們已經發瘋了？
別再說了！
什麼都不要想！先逃回船上再說！

跟著我來！
跑快一點！
看！就在那裡！
看到船了！哈哈哈哈！
轟轟轟轟轟……
!!
!?

哇啊啊啊啊啊！

最終章

古神

Great Old Ones

你快把錨拉上來！
我去發動引擎！
那是什麼怪物？這個島是怎麼回事？
等等再說！總之先離開這裡！
哇啊啊啊！
進操舵室！

錨已經拉了……快開船！
開啓閥門！
最大出力！
可惡……到底是怎麼回事！
糟糕……完蛋了！
我們都會死在這裡！

等等……好像不太對勁！
為什麼牠沒有追過來？
難道牠害怕海水嗎……？
…………

不對……牠不是怕水……
水……
水在震動！
我們犯了天大的錯誤……
我們喚醒了絕對不能喚醒的東西！

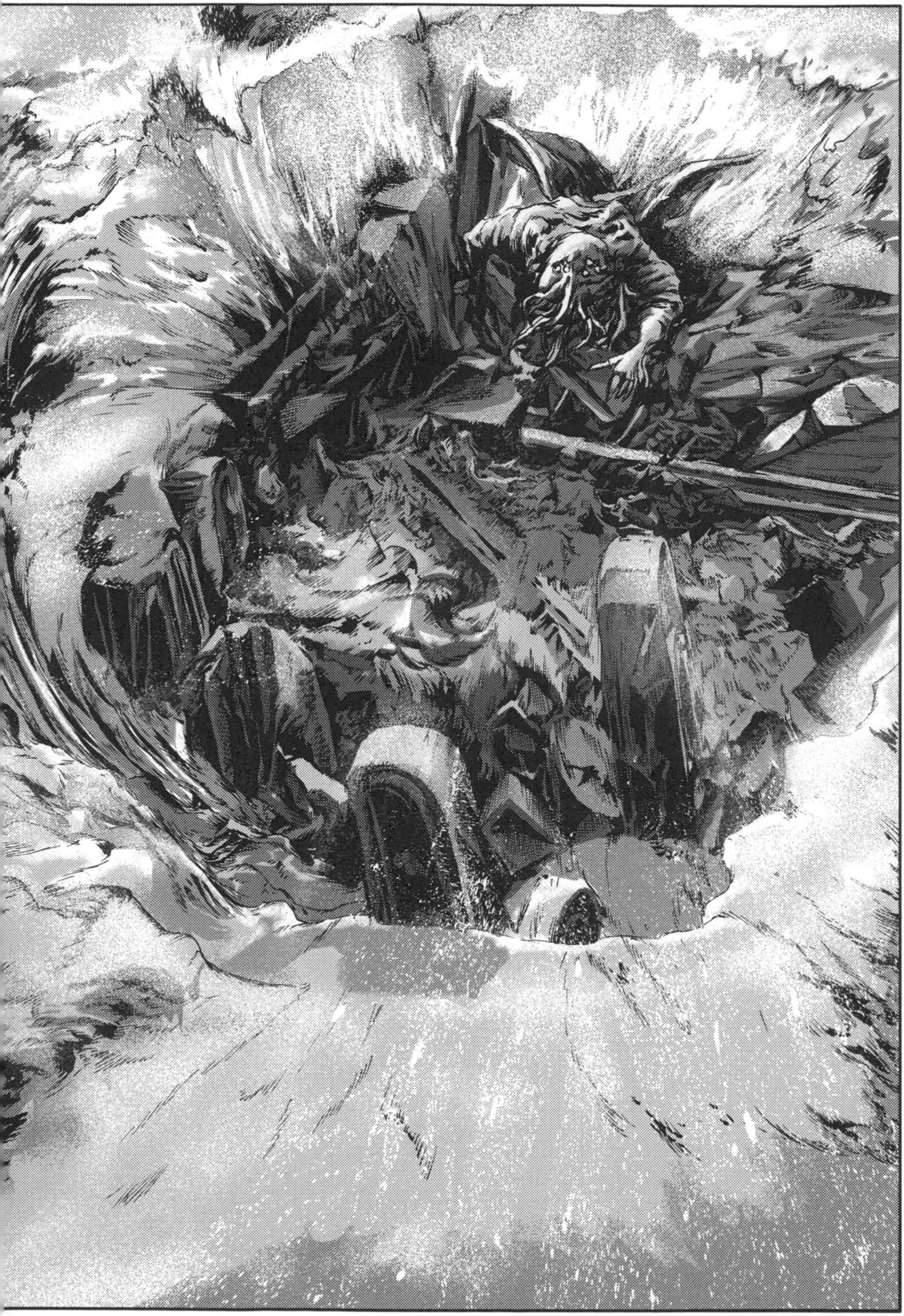

哇啊啊啊啊！
咕啊啊！
!?
喔喔喔喔！

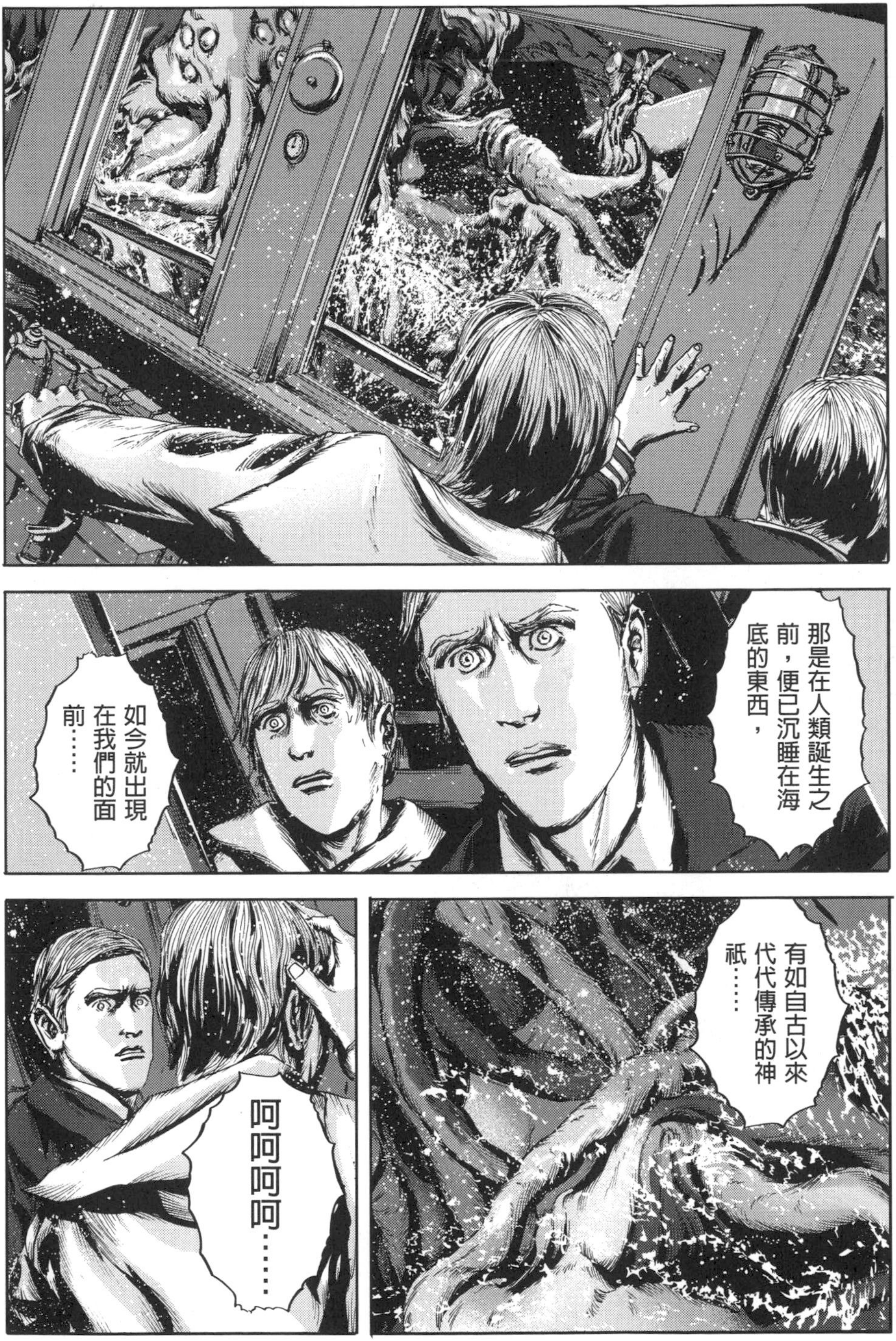
那是在人類誕生之前，便已沉睡在海底的東西，
如今就出現在我們的面前……
有如自古以來代代傳承的神祇……
呵呵呵呵呵……

啊哈哈哈哈！
哈哈哈哈哈！
一頭真正的怪物！

全速前進！布萊頓！
一定要逃走才行！
哈哈哈哈哈哈！
哈哈哈……沒用的……沒用的……
啊哈哈哈哈哈哈！

我們只能向牠求饒！約翰生！
住嘴！
喂……你在幹什麼……？

約翰生……
……你為什麼要掉頭？

喔喔喔喔喔！

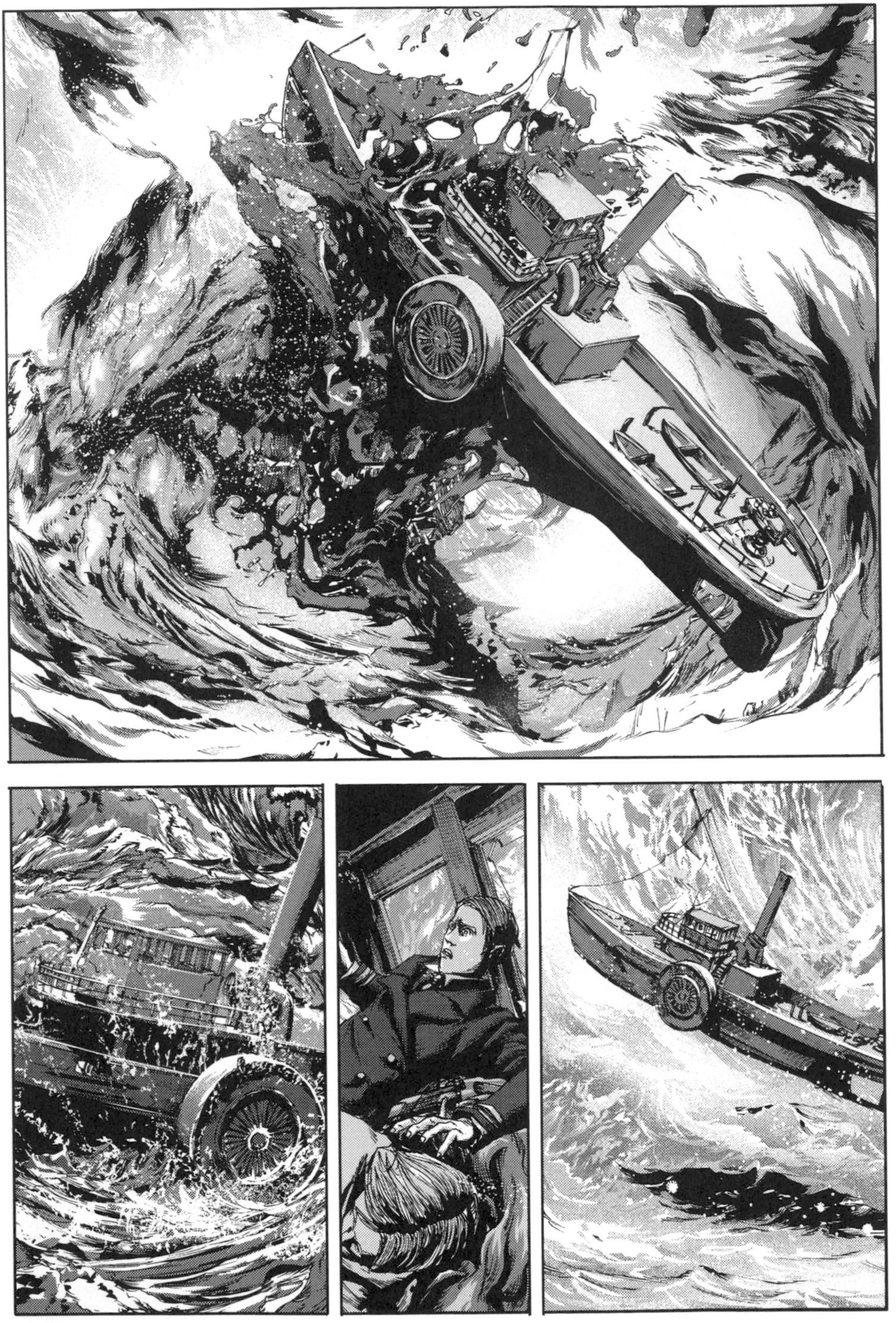

……
……
你做了什麼……約翰生……
發生什麼事了？
……消失了！

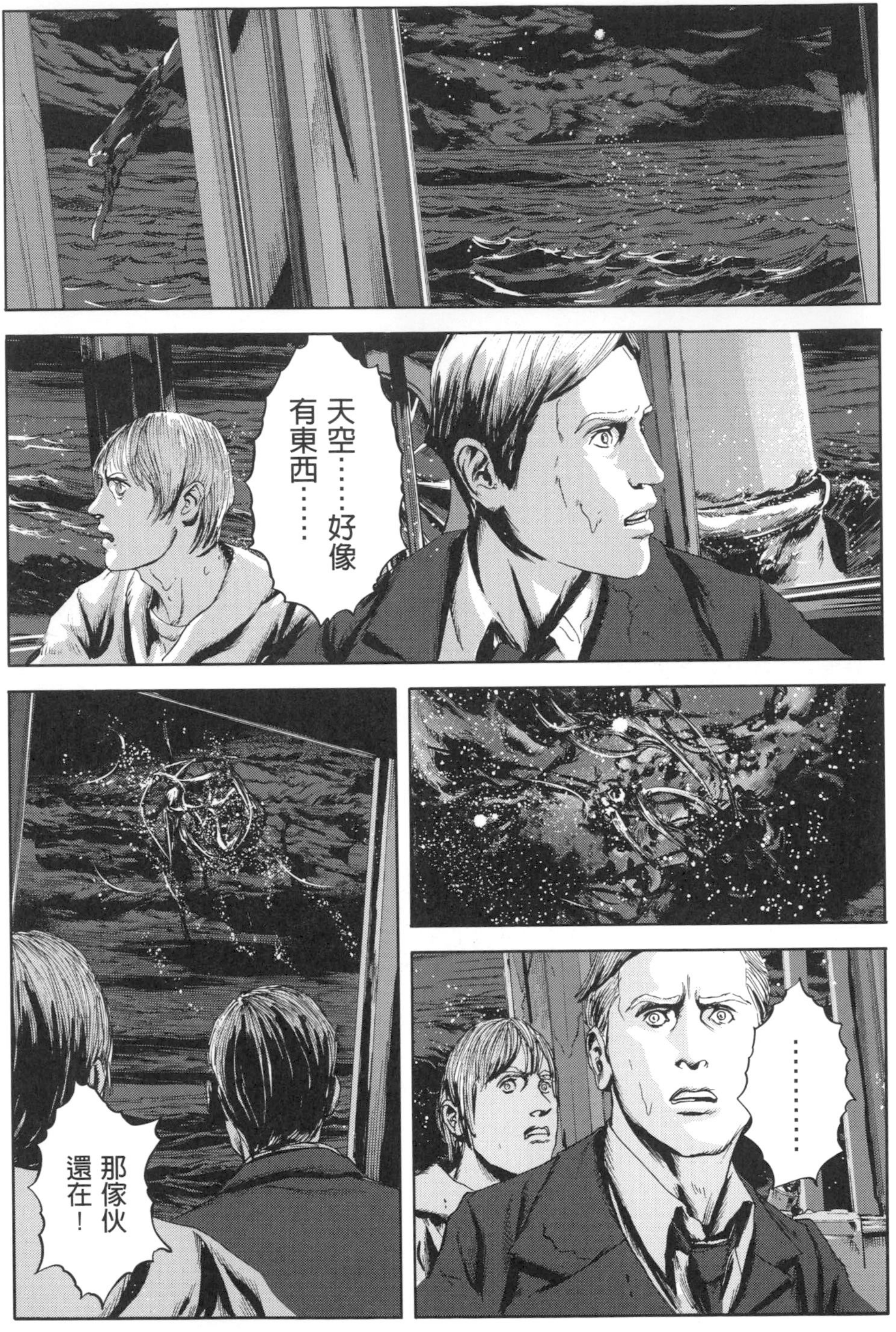
天空……好像
有東西……
那傢伙
還在！
……

告訴我……
布萊頓……
現在該怎麼做……？
只能祈禱了……
向……眼前的
神祈禱……

筆記只記錄到這裡而已。
那座都市……拉萊耶……或許再度沉入海中了，
那神祇……克蘇魯……也在海底的黑暗深淵再度長眠。
四月二日，約翰生搭乘的阿萊特號再度遭遇暴風雨，
直到被「警惕號」發現之前，只能不斷在海上漂流。
約翰生的身邊，只有徹底發狂的布萊頓。

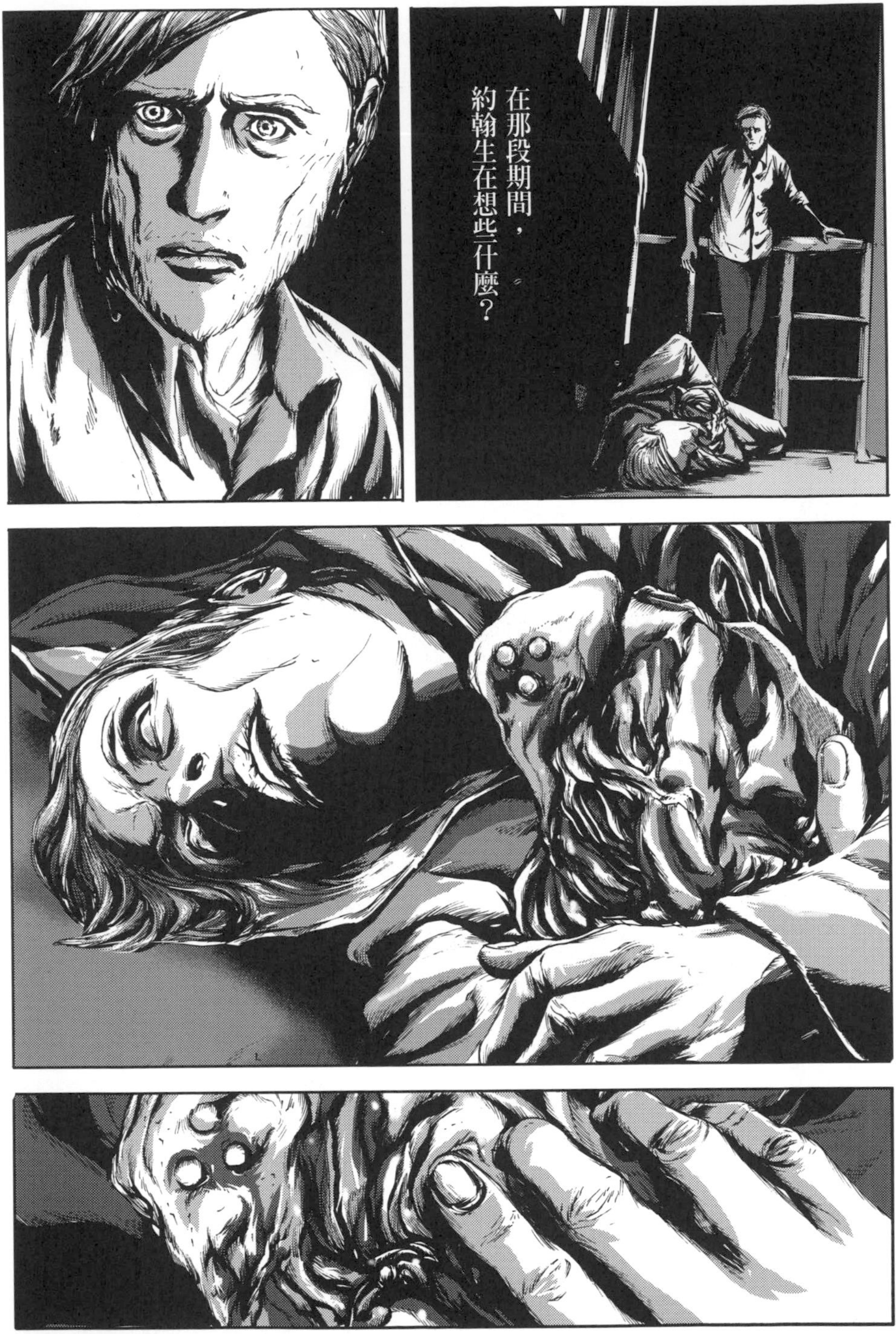
在那段期間，
約翰生在想些什麼？

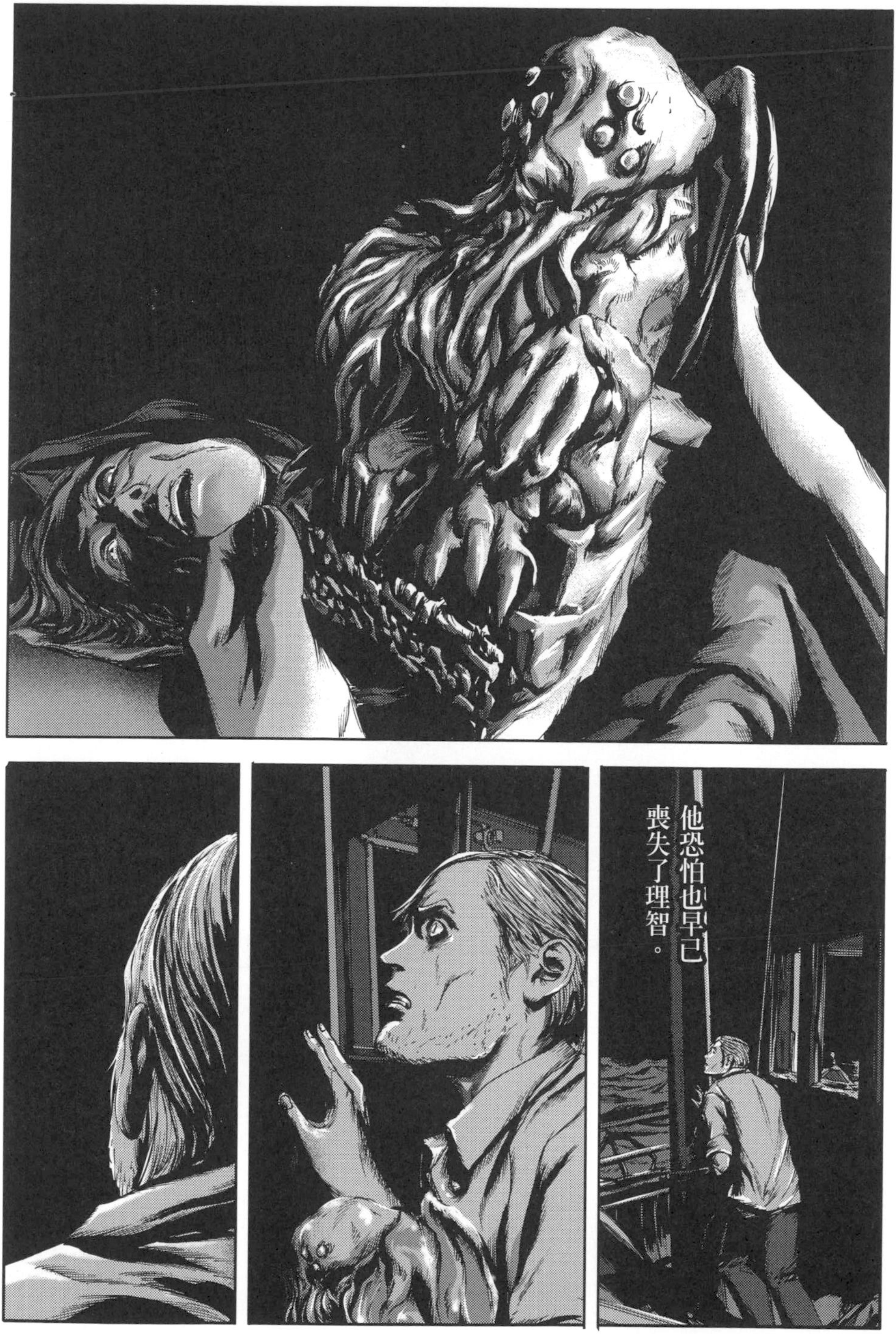
他恐怕也早已
喪失了理智。

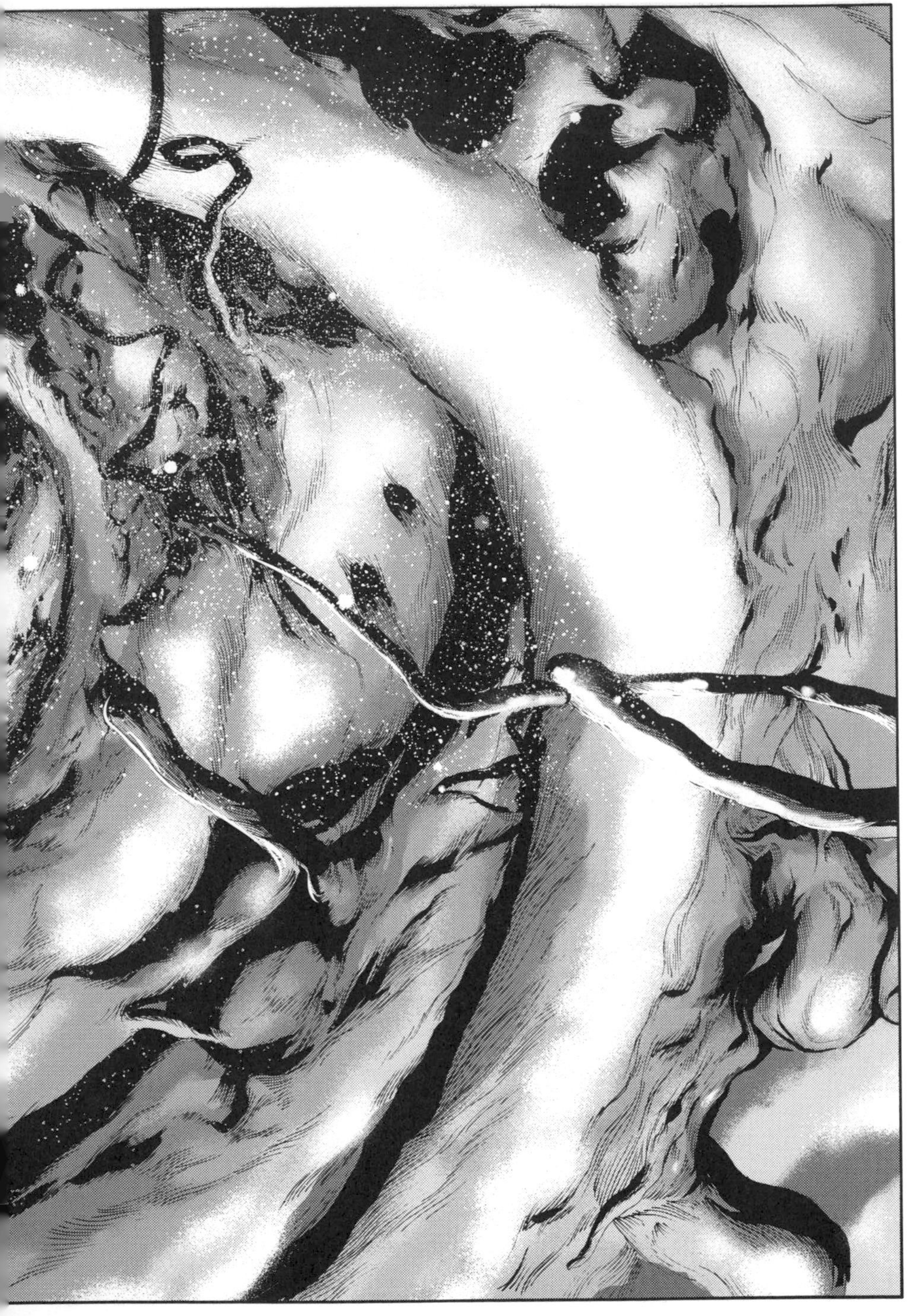

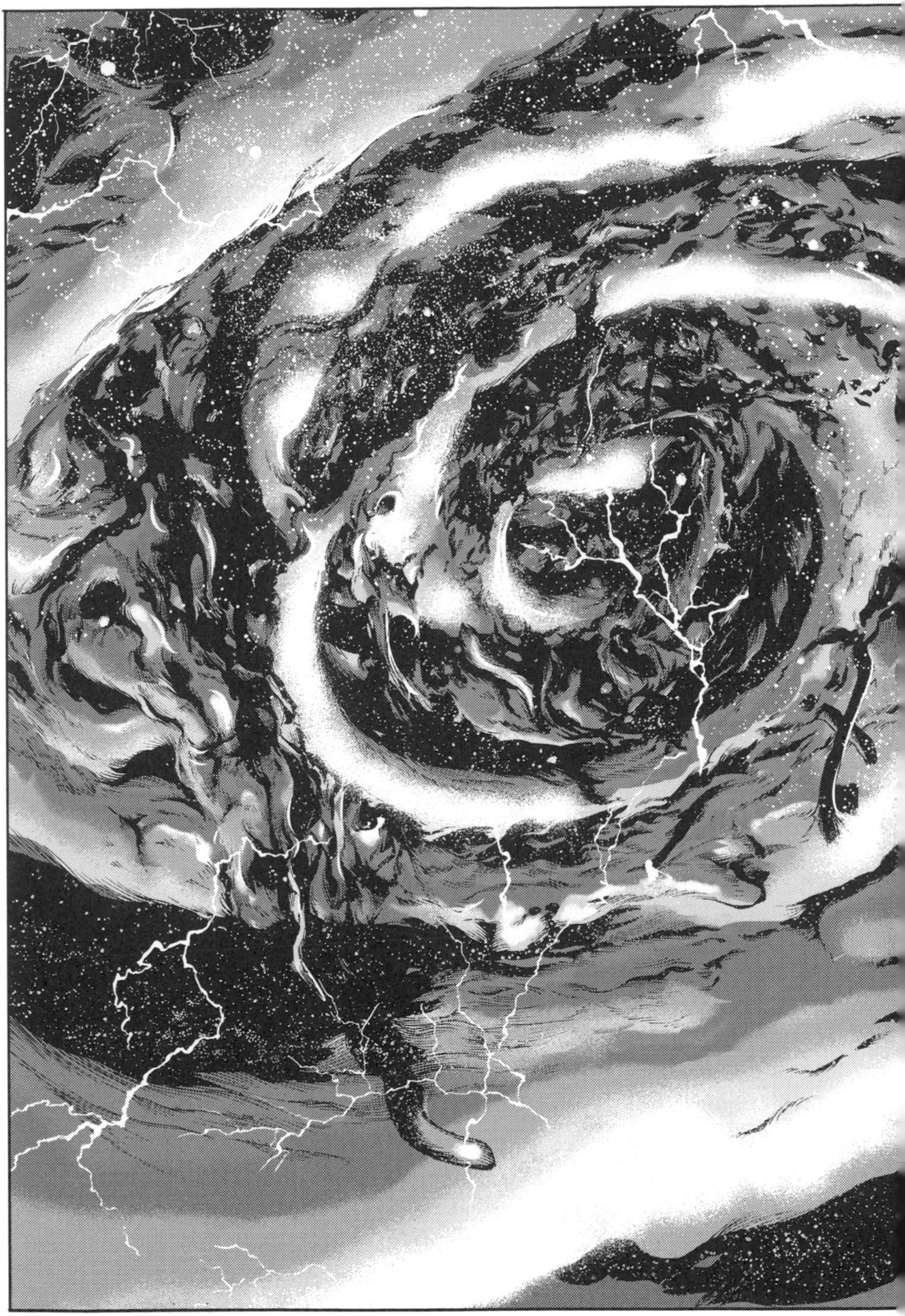

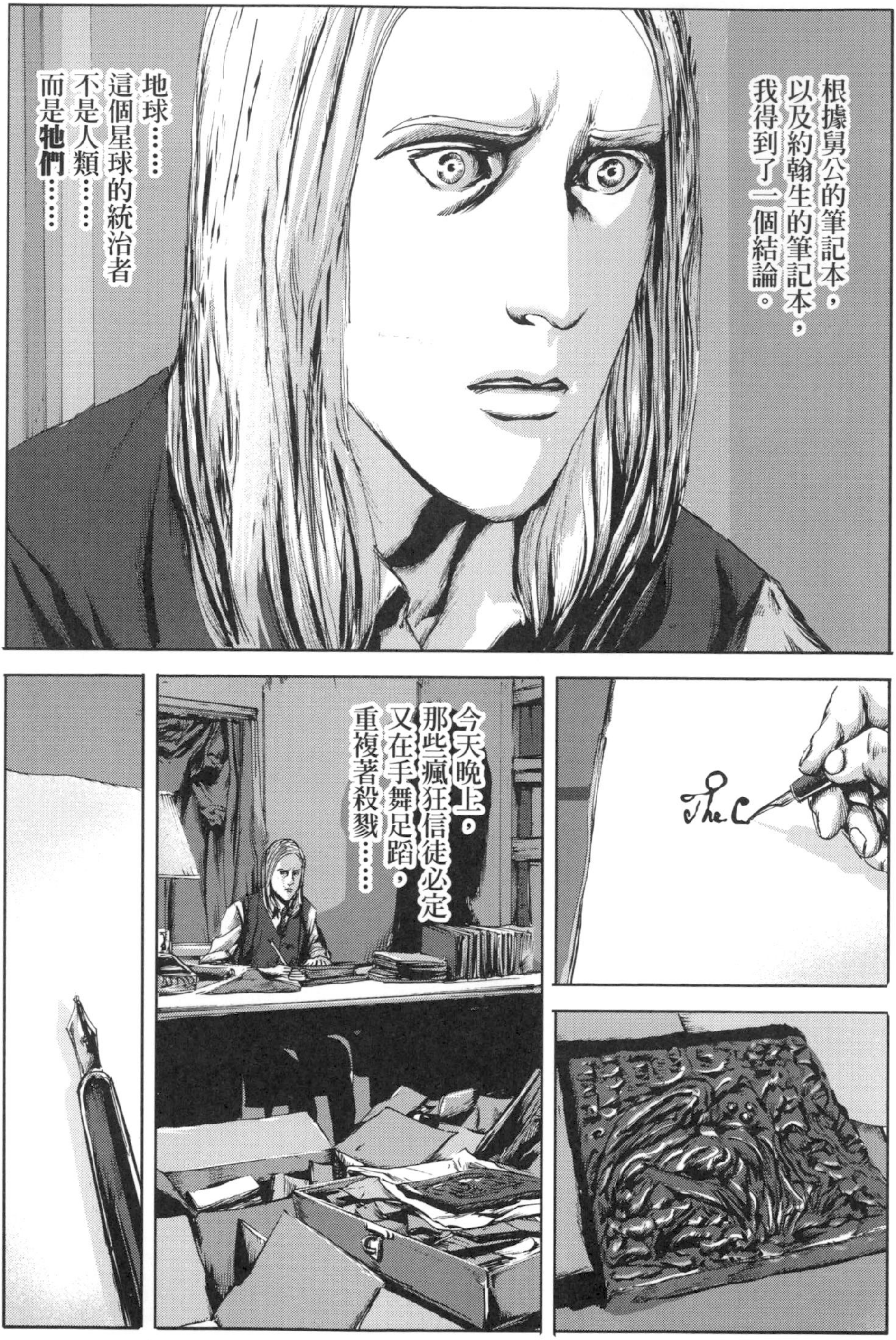
根據舅公的筆記本，
以及約翰生的筆記本，
我得到了一個結論。
地球……
這個星球的統治者
不是人類……
而是**牠們**……
The C
今天晚上，
那些瘋狂信徒必定
又在手舞足蹈，
重複著殺戮……

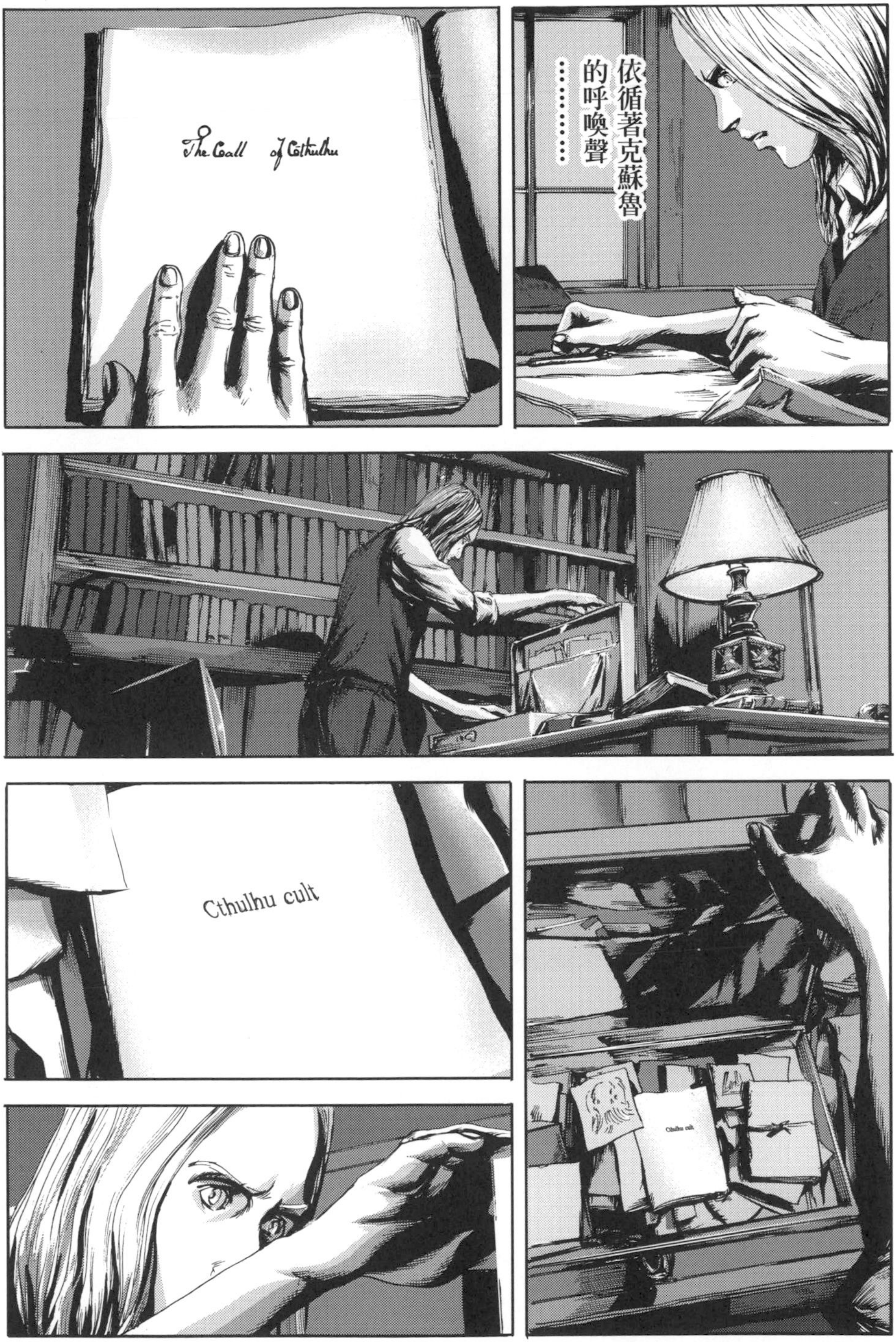
The Call of Cthulhu
依循著克蘇魯的呼喚聲……
Cthulhu cult
Cthulhu cult

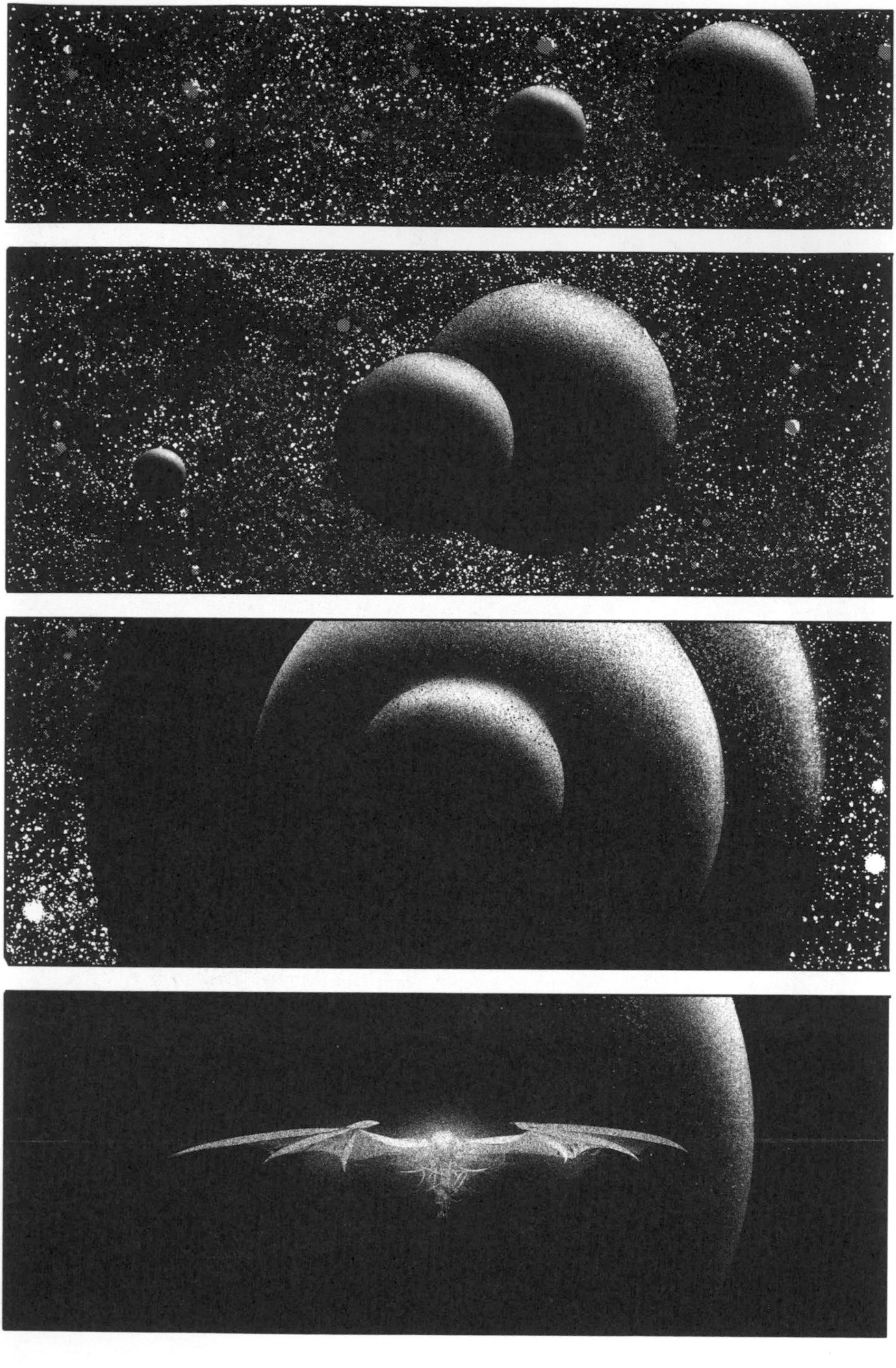

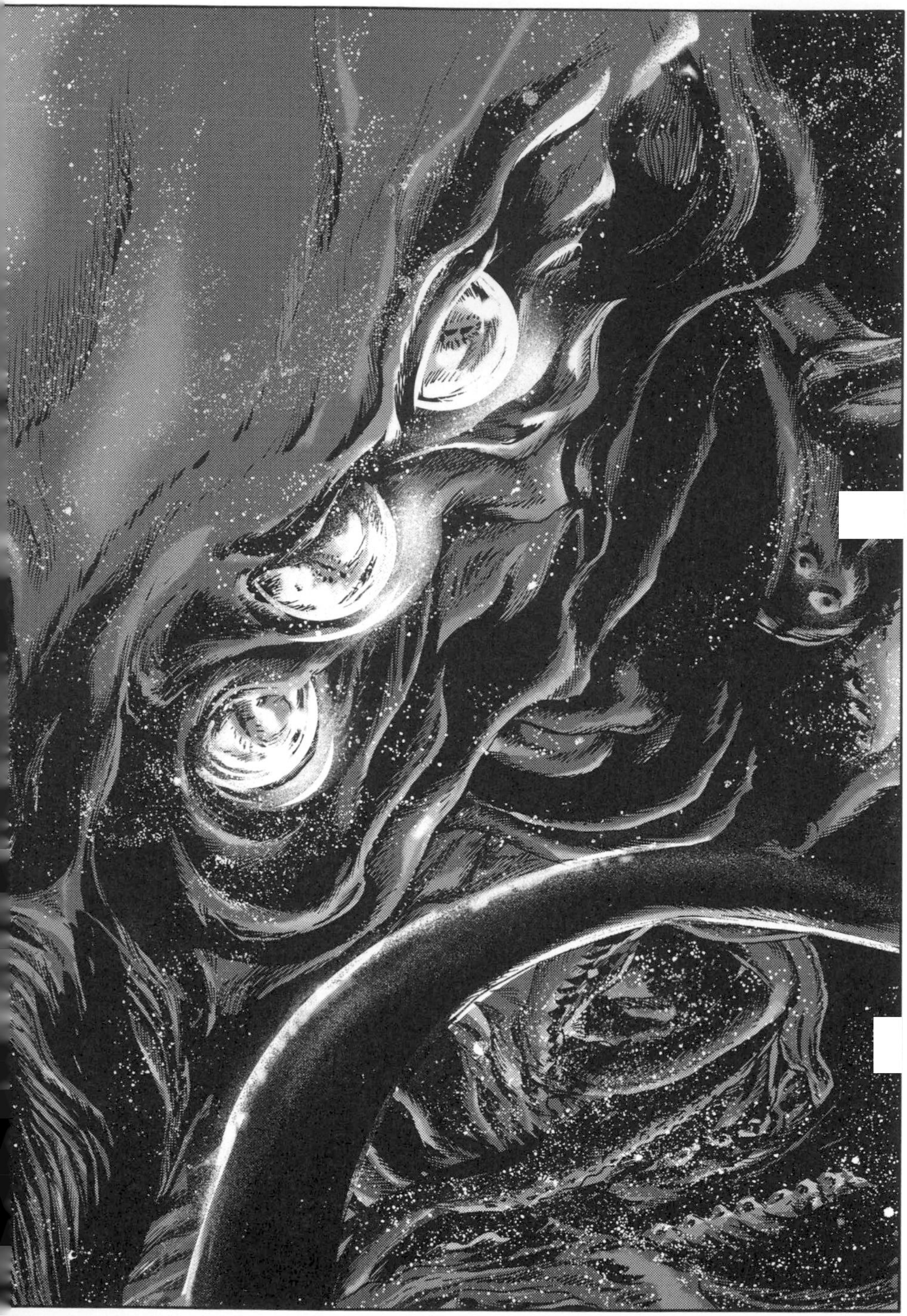

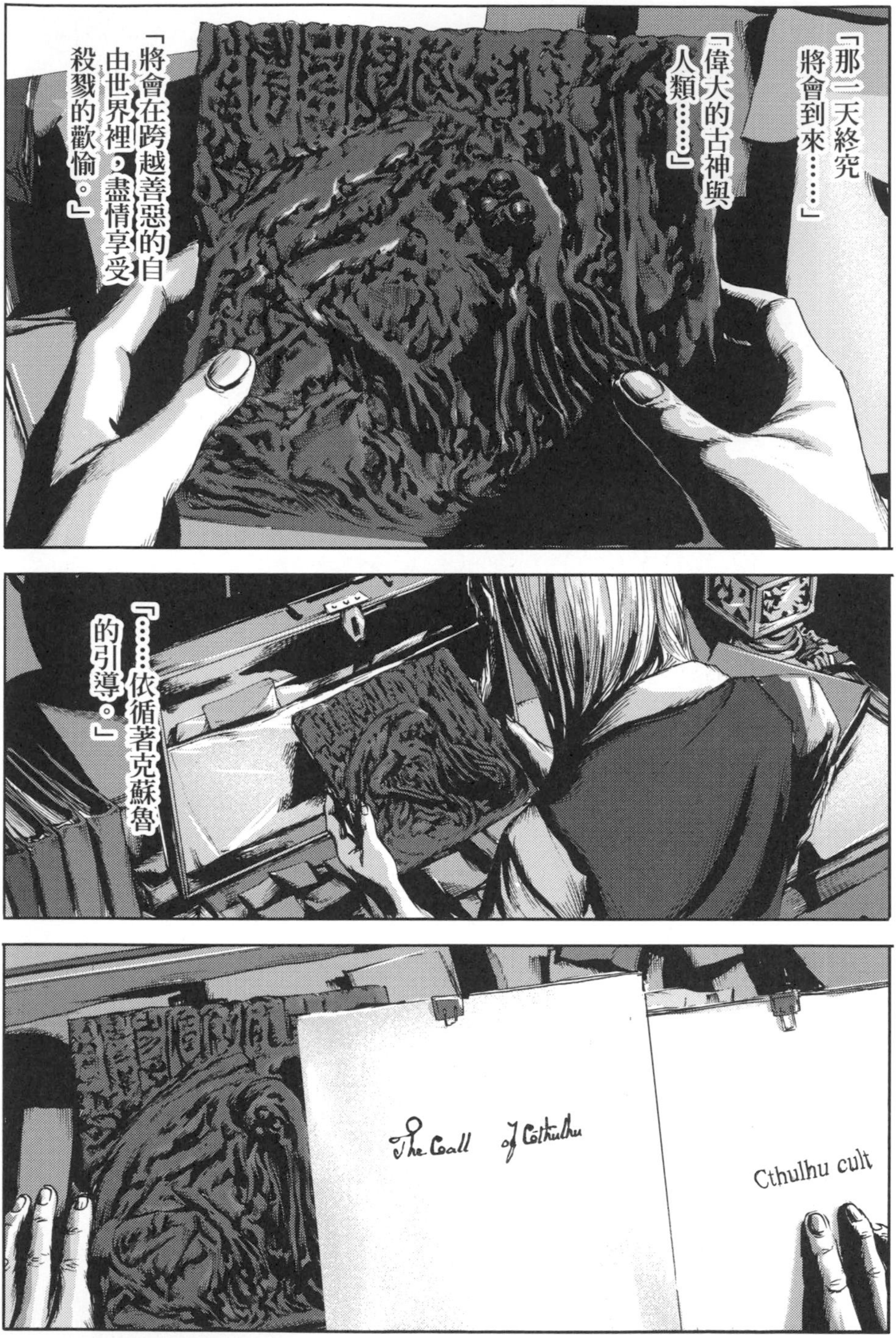
「那一天終究將會到來……」
「偉大的古神與人類……」
「將會在跨越善惡的自由世界裡，盡情享受殺戮的歡愉。」
『……依循著克蘇魯的引導。』
The Call of Cthulhu
Cthulhu cult

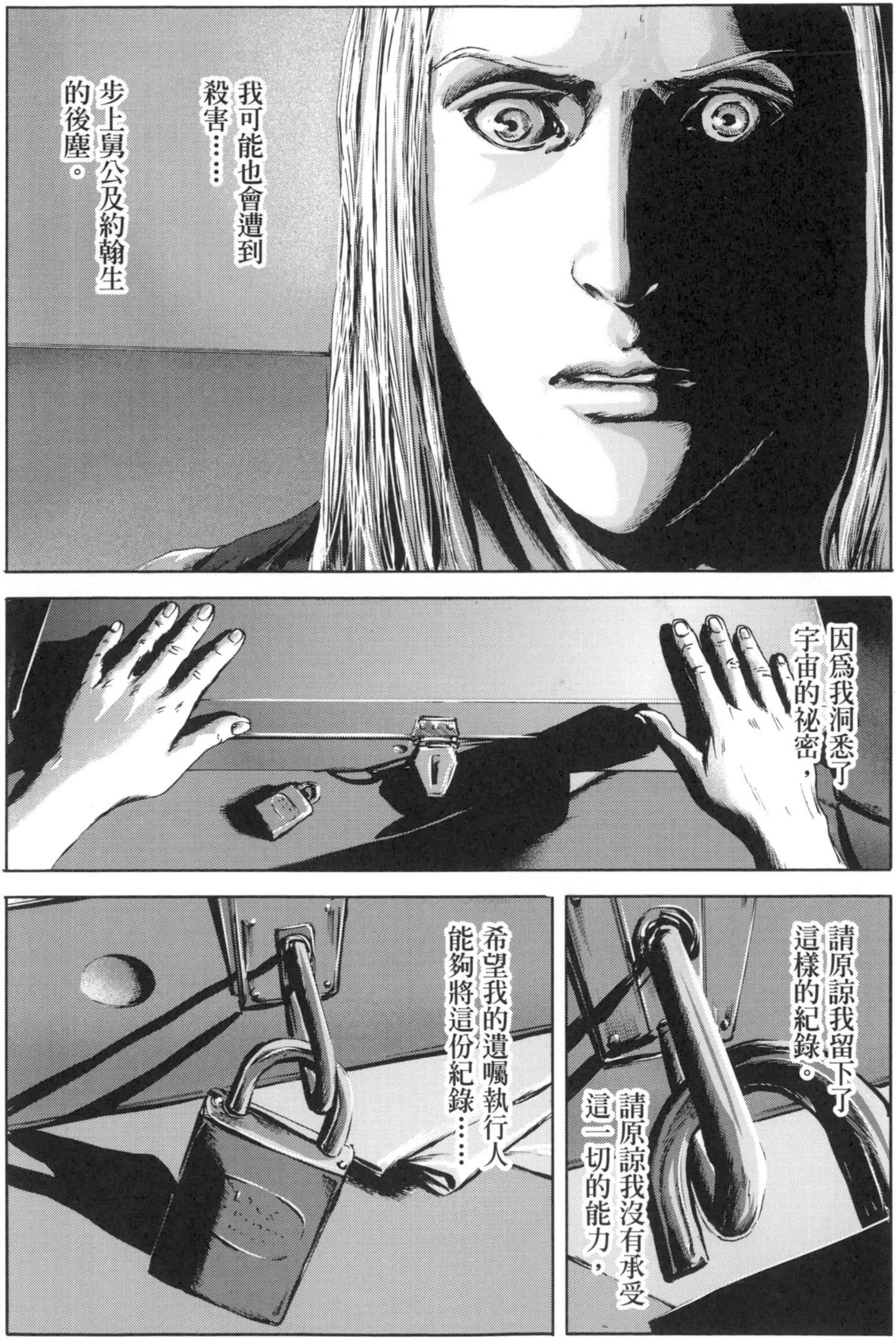
我可能也會遭到
殺害……
步上舅公及約翰生
的後塵。
因爲我洞悉了
宇宙的祕密，
請原諒我留下了
這樣的紀錄。
請原諒我沒有承受
這一切的能力，
希望我的遺囑執行人
能夠將這份紀錄……

謹慎小心地處理掉，別讓任何人看見……

The Call Of Cthulhu *The End*

H.P. 洛夫克拉夫特
（Howard Phillips Lovecraft）

1890年出生於美國羅德島州。經常在專門刊登怪誕小說的通俗廉價雜誌《詭麗幻譚》（*Weird Tales*）上發表作品，但生前一直懷才不遇，唯一獲得出版的單行本作品只有1936年的《印斯茅斯疑雲》（*The Shadow over Innsmouth*）。到了隔年的1937年，洛夫克拉夫特就在一貧如洗的生活中病逝，得年46歲。洛夫克拉夫特過世後，他的弟子兼好友的奧古斯特・德雷斯（August Derleth）將他在諸作品中創造的「克蘇魯神話（Cthulhu Mythos）」建立了完整的體系。這種「宇宙恐怖（cosmic horror）」的風格，對後世的驚悚作家造成了莫大的影響。即使到了現代，洛夫克拉夫特的作品依然擁有狂熱愛好者，衍生出的作品涵蓋電影、漫畫、動畫及電玩，在全世界掀起的熱潮一直沒有消褪。

田邊剛

1975年出生於東京。2001年以《砂吉》榮獲Afternoon四季賞評審特別獎（評審：川口開治），2002年以《二十六個男人和一個少女》（馬克西姆・高爾基原著）榮獲第四屆ENTERBRAIN entame大賞佳作。其他作品有《saudade》（狩撫麻礼原著）、《累》（改編自三遊亭圓朝《真景累淵》、由武田裕明負責大綱設定）、《Mr.NOBODY》等。2004年將洛夫克拉夫特的《異鄉人》（*The Outsider*）改編為漫畫之後，便積極挑戰洛夫克拉夫特的作品，獲得相當高的評價。

NAZOMAN 14

克蘇魯的呼喚

原著書名／クトゥルフの呼び声 ラヴクラフト傑作集
改編作畫／田邊剛　　原 作 者／H.P.洛夫克拉夫特
翻　　譯／李彥樺　　原出版社／KADOKAWA CORPORATION
責任編輯／張麗嫺　　編輯總監／劉麗真

總 經 理／陳逸瑛
榮譽社長／詹宏志
發 行 人／涂玉雲
出 版 社／獨步文化
城邦文化事業股份有限公司
104台北市中山區民生東路二段141號5樓
電話：(02) 2500-7696　傳真：(02) 2500-1967
發　　行／英屬蓋曼群島商家庭傳媒股份有限公司
城邦分公司
104 台北市中山區民生東路二段141號2樓
網　　址／www.cite.com.tw
讀者服務專線／(02) 2500-7718；2500-7719
服 務 時 間／週一至週五　09：30～12：00
13：30～17：00
24小時傳真服務／(02) 2500-1900；2500-1991
讀者服務信箱E-mail／service@readingclub.com.tw
劃 撥 帳 號／19863813
戶　　名／書虫股份有限公司
香港發行所／城邦（香港）出版集團有限公司
香港灣仔駱克灣道193號東超商業中心一樓
電話：(852) 2508-6231　傳真：(852) 2578-9337
馬新發行所／城邦（馬新）出版集團　Cite (M) Sdn Bhd
41, Jalan Radin Anum, Bandar Baru Sri Petaling,
57000 Kuala Lumpur, Malaysia.
Tel: (603) 90578822　Fax: (603) 90576622
email:cite@cite.com.my

封面設計／馮議徹
印　　刷／漾格科技股份有限公司
排　　版／陳瑜安
□2022年（民111）2月初版
□2023年（民112）7月13日初版6刷
售價380元

ISBN：978-626-70730-9-4
978-626-70731-2-4（EPUB）

譯者：李彥樺，1978年生。日本關西大學文學博士。從事翻譯工作多年，譯作涵蓋文學、財經、實用叢書、旅遊手冊、輕小說、漫畫等各領域。
li.yanhua0211@gmail.com